三國疑雲

卷5

幽靈騎兵

水的龍翔 著

目錄

第一章 試刀石 5
第二章 左右逢源 33
第三章 暗潮洶湧 67
第四章 打草驚蛇 97
第五章 幽靈騎兵 129
第六章 秘密武器 161
第七章 白髮鬼 193
第八章 虎牢關 227
第九章 致命漏洞 259
第十章 雙喜臨門 291

第一章

試刀石

曹操道：「看來，馬騰、馬超興師動眾的來到中原，是想奪取中原的霸權，之後威儀天下了。」

「大王，馬超目的明確，潁川郡被他弄得十幾萬百姓流離失所，看來馬超早已將魏國作為問鼎中原的試刀石了。」

「轟！」一聲巨響，秦軍的騎兵和虎豹騎完全混戰在一起，只一個對衝便人仰馬翻，都是清一色的穿著秦軍衣服的騎兵，一經混戰在一起，連他們自己都搞不清誰是自己人了，驚慌失措中，只能互相以臉熟者為自己人，激烈地在河岸上展開廝殺。

這邊王雙和曹休剛交上手，王雙大刀用力向下猛劈，曹休舉刀便擋，奈何只感覺似有千斤重力向自己壓來，若非他膂力過人，肯定會被王雙一刀劈死不可。「噹！」一聲巨響，兩人過招轉瞬即逝，曹休的手臂被震得發麻，王雙卻若無其事地騎在馬上，衝著曹休笑，絲毫沒有一點事的樣子。

「此人果然不簡單，馬超帳下看來還是有猛將的。」

曹休只一個回合，便發覺對方的功夫遠在自己之上，他看著混戰的士兵，登時傻眼，只見百名穿著清一色秦軍服裝的人在互相廝殺，至於哪邊是自己的部下，哪邊又是王雙的部下，根本分不清。

他急忙吹響口哨，哨音傳遍整個曠野，虎豹騎們一聽到這聲哨音，立即明白過來，紛紛揭去背上披著的白色披風，撕毀外面穿的秦軍服裝，露出黑色的玄甲，玄甲的正中間有一塊圓形的圖案，圖案上繡著一頭老虎和一頭豹子在齜牙裂嘴的進行對決。

局勢瞬間明朗起來，一方繫著白色的披風，戴著的頭盔上還有白色的盔纓，另一方則是黑色的玄甲，胸前虎豹爭鬥，背後「魏」字猙獰，虎豹騎和秦軍士兵立馬分得一清二楚。

王雙立在馬背上，打量了一番曹休，他甚至連頭都沒有回一下，光聽著背後傳來的慘叫聲，整個人就覺得很興奮。

他將大刀放在面前，寒光映著陽光照在他的臉上，雙目如同火燒一般的鮮紅，他伸出腥紅的舌頭，舔舐了一下刀刃，白色的刀上頓時出現一絲血紅。

曹休見了，覺得王雙除了面目猙獰、身材魁梧外，此舉更是讓他渾身起雞皮疙瘩。

王雙瞪大雙眼，「駕」一聲大喝，舉起手中的大刀，策馬奔馳而出，猛地朝曹休劈了過去。

曹休對王雙有點發怵，加上剛才那一刀劈下的力道讓他心有餘悸，所以他這次不敢再接王雙的刀，而是改為躲閃，輕鬆避過後，再尋機而動，想以柔克剛。

可是，王雙並沒有給曹休機會，一刀劈下見曹休不接，第二刀、第三刀、第四刀便綿綿不絕地劈了出來，將曹休籠罩在無限的刀光之中。

「叮叮噹噹」一陣響聲後，曹休只覺得王雙刀法毫無破綻，讓他根本找不到

任何反擊的機會，反而自己的抵抗顯得越來越無力，有一種被死亡籠罩的感覺。

王雙面部猙獰，像極了一條正在撲殺獵物的獵狗，亢奮地喊道：

「姓曹的，你別再做無畏的抵抗了，你是打不過我的，我王雙天下無敵，蓋世無雙，你還是早點放下兵器，乖乖地讓我砍掉你的腦袋，不然，我就一刀一刀的把你凌遲了！哈哈！哈哈哈！」

曹休沒有回答，看了眼正在混戰中的虎豹騎，這一看不要緊，赫然發現黑色被白色包圍，五百名虎豹騎所剩無幾，白色的騎兵隊伍居然還有四百多騎，這是何等的戰力啊。

「這……這怎麼可能？」

曹休看到自己最引以為傲的虎豹騎在王雙的部下面前簡直不堪一擊，剩餘的騎兵正被秦軍騎兵逼向黃河，不時有虎豹騎連人帶馬掉進河裡，被滾滾的黃河給沖走，很快便消失了蹤跡。

王雙嘲笑道：「曹姓小娃，實話告訴你，就你們魏國的虎豹騎，根本不夠我們幽靈軍塞牙縫的，若是秦王來了，用不了多久時間，你們都得統統跳進黃河去餵魚鱉！哈哈哈！」

曹休惱羞成怒，本來悲痛是人最大的力量，可是此時曹休光是接王雙的招式都有點吃力，哪裡還有什麼力量去救那些虎豹騎，只能眼睜睜的看著那些虎豹騎一個接一個掉進黃河被沖走，或是死在秦軍士兵的刀下。

此時，秦軍士兵白色的披風都成了鮮紅色的，他們正在將最後的一百多名虎豹騎趕盡殺絕。

「嗖！嗖！嗖！嗖……」

就在這關鍵的時刻，無數支箭矢從黃河中央射了過來，一艘巨型的船艦從上游乘風破浪而來，箭矢落在岸上，混戰的人群立刻倒下了一大片，毫無遮攔的雙方騎兵頓時一哄而散，紛紛找地方進行遮掩。

王雙鬥得正酣，忽然看見河上駛來一艘大船，曹休亦是目瞪口呆，兩人停止交戰，驚呆地看著河中的大船，不禁同時嘆道：「好大的船！」

一聲嘆息後，兩人互相怒視一眼，便急忙分開，躲在不同的地方。

黃河中央，確實有一艘大船，足有五六層樓閣那麼高，船身通體漆著朱漆，在太陽光線下，大紅大紫的。大船的側面有一個巨大的輪子在轉，輪上有許多凹槽，舀著黃河裡的水，使大船能向前慢慢推進。

船桅上一面黑底金字的「燕」字大旗迎風飄揚，船的最頂層布滿了燕軍的弓箭手，一員虎將身披連環鎧甲，攜弓帶箭，鋼盔上面插著一根鳥羽，手腕上、腰

上都懸著鈴鐺，在風的吹拂下，鈴鐺發出清脆的聲音。

「放箭！」

那虎將手臂一抬，隨著他的大喊，無數支箭矢紛紛向岸上射去。弓箭手連續射擊了四五通箭後，整個岸邊已經沒人敢再靠近了，這時，那員虎將拿起一面青色的小旗，在高處揮動了幾下，河面上出現一個巨大的船隊，而第一艘大船正在靠岸。

那員虎將掃視了一下岸邊，見周圍的草叢、岩石及山坡後面有人影浮動，便大聲道：「我乃燕侯帳下平南將軍甘寧，率領燕軍雄兵十萬渡河，閒雜人等全部走開，否則格殺勿論！」

風聲呼嘯，如雷的吼聲傳向岸邊每一個人的耳朵裡，加上聲勢浩大的船隊，震懾著每個人的心。

山坡後面，曹休目睹正在登岸的燕軍，心中嘖嘖稱奇，道：「燕軍果然從這裡登岸了，沒想到竟然如此大的陣勢，這樣的船我見所未見，**如此大的巨船，燕軍到底是怎麼造出來的，而且船上沒有升起帆布，難道光靠著那兩個在船兩側的大輪子？**」

想了片刻，曹休始終想不出個所以然來，他見燕軍已經登上了岸，正在岸邊集結，大船則停靠在離岸邊有一定距離的水中央，船頂層林立的弓箭手絲毫沒有鬆懈，隨時張弓搭箭，一旦有人露頭便射過去。

「已經無法阻止燕軍登岸的腳步了，我現在唯一能做的，只有退兵了，回官渡向大王請罪，並且將燕軍渡河的消息告訴大王！」

一想到這裡，曹休立刻吹響暗哨，剩餘的一百多名虎豹騎紛紛向後撤離。

在虎豹騎躲藏處的對面，王雙眼睜睜地看著曹休和殘餘的一百多名虎豹騎離開，憾恨到嘴的鴨子又飛了。

可是他不敢公然面對驟然而來的燕軍，他只帶了五百名騎兵，經過和魏軍的一陣拼殺後，還剩下三百八十多名，而燕軍的人數要遠遠高於他們十幾倍，他感到從未有的壓力。

王雙在關中時，就曾經聽過燕軍的厲害，橫掃北方，驅逐蠻夷，簡直是戰無不勝。今天他親眼目睹燕軍的陣容，很是震驚。

「此地不宜久留，燕軍勢大，當避之，也該將此事稟告給大王才是，請大王做定奪。看來，燕軍聲勢浩大前來，不單單是朝見天子……」

王雙帶著屬下悄悄地離開了這裡，等走了約莫一里路，便策馬狂奔，朝虎牢關奔馳而去。

曹休、王雙兩方人馬都走了，黃河沿岸一片寂靜，燕軍登岸後，手腳俐落地收集現場遺下的兵器、馬匹、戰甲等有用物資，並將屍體進行焚化。

等處理完畢，甘寧選擇了一個空曠的地方，立下營寨，並放出哨探。

夕陽西下，太陽的餘暉照在黃河上，一艘通身金色的大船緩緩地駛來，在船的最頂層，高飛身披五花戰袍，內襯龍鱗鎧，頭戴一頂金盔，腰纏獅蠻玉帶，顯得極為尊貴和威風。

在高飛的身邊，分別站著荀攸、郭嘉、許攸、司馬朗四個人，四人都穿著文官的服飾，侍立在高飛的身邊，隨時聽候吩咐。

「主公，五虎將已經按照主公的吩咐安下了營寨，前部先鋒甘寧也做好一切防禦。」書記官陳琳走了上來，向高飛躬身拜道。

「很好，此次登岸成功，甘寧是首功。孔璋，你在功勞簿上記下來，等回去之後再封賞。」

陳琳道：「諾！」

自從高飛稱王之後，他便將所有的軍政大權平均分派下去，讓手下的人去辦事，他自己忙裡偷閒，只做出重要的決定即可，不再像以前那樣親力親為了。

從某種意義上說，高飛網羅了許多猛將和謀士，可是真正用到他們的時候卻很少，以至於忽略了他們的重要性。所以，他從有了女兒之後，就做了一個決定，要多多開發部下的潛力，讓他們自己去想辦法，他只做決定即可。

於是，他給全軍下了一道命令：「凡臨戰，必先開會！」

開會，自然開的是戰前軍事會議，謀士、將軍都參加，各抒己見，正所謂人多力量大，眾人拾柴火焰高嘛，**以前高飛是一個人在戰鬥，以後將是一群人在戰鬥。**

大船無法靠近淺水的地方，高飛只能讓人放下小船，坐小船到岸邊。

等所有人員全部上岸之後，高飛便命令停靠在河中央的大船開始返航，如有需要，另行通知。反正現在有李玉林訓練出來的信鴿，傳遞消息上方便許多。

上岸後，高飛帶著荀攸、郭嘉、許攸、司馬朗、陳琳等人，來到位於中軍的營寨。

中軍營寨門口，文醜正帶著士兵巡邏，見高飛等人來了，忙道：「屬下恭迎主公大駕！」

「免禮！文將軍，此次我以你為中軍將軍，沒有讓你擔任先鋒，你可別生我的氣啊。」高飛笑道。

文醜道：「主公此言折煞屬下了，屬下自從投效主公以來，無論主公讓我做

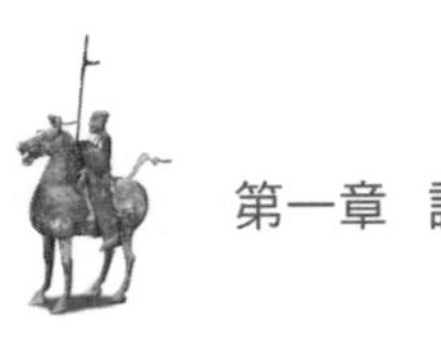

什麼事，屬下都絕無怨言，前軍先鋒讓給其他年輕人去做好了，多給他們一些立功的機會，也好為主公發現更多的良將。」

「說得好，不過，護衛中軍也是同樣的大事啊，文將軍任務艱巨啊。走，我們進帳說話。」高飛說著，便拉著文醜的手走進了營寨。

中軍大帳裡，高飛和文醜相互攀談著，顯得格外親切。

畢竟，在高飛稱王的這兩年裡，作為燕國五虎大將之一的文醜，一直率部戍守北方，並且協助田豐督建塞外新城，將並州五原郡的九原縣附近一帶，全部劃為塞外新城，命名為包頭。並以包頭作為通往塞外的一個重要軍事基地以及未來的重工業基地。

兩人屏棄了君臣關係，在帳中侃侃而談，文醜將建造新城的喜怒哀樂都說了出來，並且道出新城規劃所存在的問題，高飛聽的頗為用心。

聽完文醜的話後，高飛舉起一杯倒好的水，對文醜道：

「文將軍這兩年來為建造包頭費盡心力，讓我實在過意不去。文將軍的功績，大家都看在眼裡，記在心裡，以後回到薊城之時，定當厚厚的封賞。現在是非常時期，全軍禁酒，文將軍，我在這裡以茶代酒，敬文將軍一杯。」

文醜見狀，急忙端起茶水，站起身來說道：「主公使不得，屬下本來就是敗軍之將，若非主公收留，屬下早已命喪黃泉，豈有今天？主公非但沒有嫌棄屬下，反而以屬下為五虎大將，位階在其他諸位將軍之上，屬下已經感激不盡了，怎麼可以再接受……」

「文將軍說的是什麼話，在我帳下為將，沒有什麼你我，大家都是同一條繩索上的螞蚱，蹦不了你，也蹦不了我……額……不對，我比喻錯了，應該是大家都是共患難的兄弟，沒有彼此之分，應該同生共死才對。文將軍，我先乾為敬！」

話音還沒有落下，高飛便將茶水給喝得一乾二淨。

正所謂酒不醉人人自醉，文醜端著茶水，彷彿像著了魔一樣，竟然像是聞到一股甘醇的酒香，發出醉人的芬芳，讓他毫不猶豫的將其一飲而盡。

「多謝主公厚愛，屬下以後定將竭盡全力輔佐主公，替主公平定天下。」文醜發誓道。

在場的荀攸、郭嘉、許攸、司馬朗、陳琳看了，臉上都露出了笑容。

「文將軍，田豐還好嗎？我有好長一段時間沒看見他了。」高飛放下茶杯，問道。

文醜道：「田軍師很好，不管大小事務都親力親為，生怕出錯，此次屬下接到主公的調令之後，臨行前，田軍師還囑咐屬下，讓屬下務必給主公帶個話，說塞外之事請主公放心，只要主公專心經略中原即可。」

「田豐辦事牢靠，為人又剛正不阿，確實是個難得的人才，只是他凡事都要親力親為，怕會操勞過度。孔璋，你給賈詡修書一封，讓賈詡在薊城找個醫術好的大夫，將他派到包頭，好好調理田將軍的身體，省得田豐身體出什麼毛病。」高飛吩咐道。

陳琳「諾」了聲，即刻揮筆疾書，不一會兒便寫好書信，派人用信鴿將書信送達薊城。

「文將軍，這兩年在塞外辛苦你了。兩年前，鮮卑人被我軍一舉擊垮，步度根被俘，帶領族人投降，被我們改造成各個礦廠的礦工。然而，鮮卑尚有七八十萬人向西遷徙，遠遁涼州一帶，和羌胡雜居，恐怕像羌胡一樣，依附了馬騰。**我擔心的，就是鮮卑人和羌胡聯合在一起**，萬一浩浩蕩蕩的殺了過來，我們當如何防禦？」高飛說出心中一直擔心的問題。

文醜聽了道：「主公儘管放心，屬下敢保證，五年之內，北方絕無邊患。」

「文將軍怎敢如此保證？」高飛不禁質疑道。

文醜解釋道：「張遼率部駐守朔方，常常出塞遠遁，其部下的狼騎兵均是由匈奴人組成，精銳程度可見一斑，加上張遼在鮮卑人心中有頗大的影響力，是以鮮卑人不敢輕易犯邊。」

「嗯，可是這次我連張遼一起調了過來，萬一鮮卑人聽到什麼風吹草動，那北方不是危急了嗎？」高飛皺眉道。

「主公大可放心，張將軍文武雙全，年輕有為，在離開朔方的時候早有安排，他隻身離開朔方，沒有帶走一兵一卒，並且讓屬下一直豎立著他的旗幟，鮮卑人遠遠看見就會自動躲避。」

高飛稱王後，便將許多大將調到北方，一方面營建塞上城市，另一方面大肆鼓勵發展畜牧業，另外就是訓練遊騎兵，從草原到大漠，從大漠到東夷，那廣袤的土地就是騎兵的訓練場。

在古代的戰爭中，騎兵一直充當著很重要的角色，快速的移動力，加上迅猛的衝撞力，使騎兵成為最強有力的一種兵種。要成為一個強大的軍事帝國，就要擁有一支很強大的騎兵。當然，步兵也是不可缺少的，野戰一般靠騎兵，攻城戰則是以步兵為主。

所以，高飛這兩年來一直沒有擴軍，而是在招降的降兵和原有部隊以及招募來的少數烏桓人、匈奴人身上下功夫，將兵將訓練的十分精良，無不以一當百。

「張遼，是一員將才……不！應該是帥才，以後，他會成為我燕國軍隊中的頂梁柱，只不過，現在的他還需要一番歷練，不似文將軍這等一直活躍在戰場上的宿將。」

「主公過獎，文醜只是一個極為普通的人罷了，與黃忠、趙雲、太史慈比起來，還差得很遠呢。」

「那倒未必，不過，你們也不必為此去爭鬥，自己人就該對自己人好一點。此次我大軍十萬渡河，必然會引來非議，為此，我們一定要謹慎行事，做到嚴格保密。」

「諾！」

這時，黃忠、趙雲、太史慈、甘寧、張遼、張郃、龐德、魏延、陳到等人陸續到齊，將中軍大帳塞得滿滿的。

高飛見文武到齊，便朗聲宣布道：「我讓士兵休息三天，好吃好喝的在黃河北岸逍遙自在，為的就是讓他們過過癮，然後痛痛快快的打一仗。從今天起，全軍戒酒，任何人不得再飲酒，包括我在內。」

「諾！」

「那麼，現在第一次中原行戰前擴大會議正式召開，請大家都各抒己見吧。」

官渡，曹軍大營。

「大王，末將無能，非但沒有阻止燕軍渡河，反而損兵折將，自己也差點……」曹休跪在中軍大帳裡，頭都不敢抬，恨不得挖個地縫鑽進去。

曹操端坐在王座上，臉上面無表情的環視了一圈，斜眼看著站在一旁的劉曄，問道：「曹休當如何定罪？」

「噗通！」

不等劉曄開口，只見一個大漢跪在地上，伏地抱拳道：「大王，曹休年少，加上實在是因為那個叫王雙的太過勇猛了，而且又是秦軍出來攪局，才給了燕軍可乘之機，臣懇求大王赦免曹休之罪，先暫且免去其虎牙都尉之職，降為普通士卒，讓其以後再報仇雪恨……」

「曹純！你身為虎豹騎的將軍，不依軍法處置曹休，還公然為其求情，你的部下裡出現這樣的人，你也難辭其咎！誰敢再多言一句，本王就斬了誰！」曹操動怒道。

曹純低下頭不敢再多說，只一個勁地道：「臣知罪！請大王責罰！」

「大王，這是突發狀況，秦軍突然出現，打破了原有的計畫，更何況曹休等人在那樣的環境下堅守了好幾天，已經很了不起了，請大王饒了曹休的罪吧。」曹仁忍不住跪求道。

「求大王饒了曹休之罪！」

曹洪見狀，也急忙跪在地上，再怎麼說，曹休也是他侄子一輩的，總不能這麼年輕連個子嗣也沒有就死了吧。

曹操哼了聲，不冷不熱地道：「你們讓本王太失望了，你們可知道本王在虎豹騎身上投入多少心血嗎？你們可知道，虎豹騎可是本國的精銳嗎？但凡被挑到虎豹騎裡的，都是千人挑一或者是萬人挑一，可曹休在和王雙打仗時，五百虎豹騎和對方的騎兵交手，竟然差點被趕盡殺絕，難道你們的臉上都不覺得羞恥嗎？秦軍真的有曹休說的那麼強嗎？」

「有！」帳外突然傳來一個渾厚的聲音。

曹操向帳外看了一眼，見是徐庶，便道：「秦軍真的很強悍嗎？」

「是的，大王，你可曾和秦軍交戰過？」

徐庶看到地上跪著曹仁、曹洪、曹純、曹休，立刻明白是怎麼回事了。

曹操搖搖頭道：「只聞其聲，不見其人，**馬超到底是何許人也，竟然讓軍師**

也對其如此重視？」

徐庶笑道：「大王，你可曾聽說過一句話嗎？」

「什麼話？」

「西北第一槍，天下莫敢向，神威天將軍，唯有錦馬超。」徐庶在說到馬超的名字時，特意加重了語氣。

「錦馬超？難道馬騰的兒子真的有那麼厲害？」曹操不信地道。

徐庶道：「大王，許褚曾經和馬超在陣前對敵過，大王是否問過他？」

「仲康自從丟失虎牢關後，便一直把自己關起來，除了典韋，誰也不見，而且因內疚卸去身上所有的職務，本王多次召見，均被拒絕，直到今天還未曾得見。」曹操嘆道。

做為曹操的貼身近衛，許褚的脾氣、性格，曹操十分清楚。許褚是一個遇強則強的人，而且性格堅毅，有一種不屈不撓的精神，現在卻是意志消沉，令曹操不禁想道：「馬超究竟有何等能力，居然將許褚弄得如此消沉？」

曹操看到跪在面前的曹仁、曹洪、曹純、曹休四將，朗聲道：「你們都起來吧，曹休無能！暫時革職，貶為普通士卒，仍舊待在虎豹騎裡，所有虎豹騎由曹純一人統領。」

曹純忠勇俱佳，此時目的已經達到，便立刻按住曹休的脖子，向曹操叩頭拜道：「多謝大王。」

「好了，除了軍師，你們都下去吧。」

「諾！」

一瞬間，大帳內的人都退走，只有曹操和徐庶兩個人。

「軍師，這裡沒有外人，你坐下吧，本王還有一些事情想要請教你。」

「臣不敢，大王雄才大略，英姿勃發，乃是當空皓月，臣不過是夜空那繁星中的一顆，不足以和大王相比。」徐庶奉承道。

曹操笑道：「皓月再亮，也有被烏雲遮住的時候。此刻，馬超的秦軍就像是遮住皓月的烏雲，要想撥開烏雲見明月，還需要借助軍師來搧起一股風，將烏雲吹散才行。」

兩個同樣擁有著智慧的人坐在一起，只幾句話，便讓人感到了信任。

「大王，若有什麼不明白之處，儘管問，臣定當不遺餘力的解答大王心中疑問。」徐庶道。

「自從戲志才將你舉薦給本王，本王對你就一直很器重，戲志才臨終前，曾經拉住本王的手囑咐過本王，說你是一個不可限量的人才，要本王對你要充分的信任。元直，我只想你如實回答我，秦軍的戰鬥力，果真如你說的那麼強悍嗎？」曹操道。

徐庶點點頭，毫不隱瞞地道：

「大王，臣絕不敢有半點虛言。馬超英勇，張繡、王雙、錢虎、索緒四人更是馬超帳下四位武藝超群的大將。除此之外，其父涼王馬騰的帳下尚有侯選、梁興、楊秋、馬玩、成宜、程銀、李堪、張橫八位健將，此次更是起兵十萬入主中原，說是遵照天子旨意修復舊都，實際上是想趁這次機會挑起戰端，然後由他馬家稱王稱霸。馬騰父子的士兵都是來自西涼和關中的精壯之士，昔日朝廷每每遴選羽林郎，多從涼州選拔，就是因為涼州人好勇鬥狠，民風彪悍。大王早年曾去過涼州平亂，應該知道涼州人的武勇……」

曹操聽了道：「涼州健兒幾乎人人會騎馬射箭，就連女人也絲毫不遜色於男人，和羌胡雜居，多次抵抗外族入侵，涼州人都首當其衝，久而久之，逐漸形成一個特定的環境，是以涼州武人一直是大漢遴選羽林郎的關鍵。看來，**馬騰、馬超興師動眾的來到中原，是想奪取中原的霸權，之後威儀天下了。**」

「大王，馬超目的明確，潁川郡被他弄得十幾萬百姓流離失所，看來馬超早已將魏國作為問鼎中原的試刀石了。」

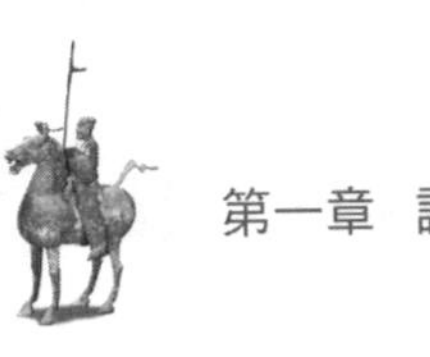

曹操聞言道：「這也不足為奇，高飛盤踞在河北，孫堅在江東，劉備在荊州，劉璋在益州，此四人皆有天險可守，進可攻，退可守，若要攻打起來，極為不易。倒是本王占據虎牢關以西大片平原之地，只要突破虎牢關，本王就等於沒有了屏障，西涼騎兵則可以彰顯其雄風，在平原馳騁。何況，古語有言，得中原者得天下，本王自然是首當其衝。」

「大王，以目前我軍的戰力，尚不足以和馬騰、馬超硬拼，以臣之見，**只能智取**。」徐庶道。

「怎樣的智取法？」

「只有**聯合燕軍，兩軍聯手，共同抗擊馬超，然後實施『拖』字訣**，讓西涼兵在中原徹底的被我們拖垮！」

「軍師的見解倒是獨到，記得兩年前，軍師還瞞著本王想對高飛痛下殺手，今日怎麼又想起聯合高飛來了？」

「此一時，彼一時。當時臣的考慮沒有大王周全，如果真的殺了高飛，只怕河北頓時便會陷入大亂，而我軍根本沒有實力去收拾北方的亂局，也許會給其他人可乘之機，或許在混亂中會崛起一名新的霸主也說不定。」

「可是，本王卻後悔了。如果當時真的殺了高飛，就算給其他人可乘的機會，或是崛起一名新的霸主，都不會再有高飛那樣的才智，本王只需養精蓄銳幾年，便可平定北方。但是，現在的燕國，在高飛的控制下，國力蒸蒸日上，一年強過一年，實在是一個十分強勁的對手。」

徐庶聽出曹操的話外之音，試探道：「那大王的意思是……」

「本王恰恰和軍師想的相反，馬騰、馬超來勢洶洶，雖然兵多將廣，卻不足為慮，對付西涼兵，只需施小計便足以使其內部爭鬥。可是燕軍對本王實在是一個偌大的威脅，**臥榻之側，豈容他人鼾睡**。」

「大王的意思是……是……是想對燕國開戰？」徐庶臉上露出一絲的驚恐，急忙問道。

「怎麼？難道不行嗎？」曹操一臉奸笑地道。

「可是……我軍和燕軍還簽有盟約……」

「盟約是個屁！**在我曹操的眼裡，只有利和弊**，當利益大過弊端時，不管是什麼，凡是阻擋住我前進的步伐的，一律要全部踏平。」曹操慷慨激昂地道。

徐庶抱拳道：「無論大王做出什麼選擇，臣都願意竭盡全力輔佐大王，此生無悔。」

「好。你即刻以本王的名義修書一封，派人送到三十里外的秦軍大營，本王

要約見秦王馬超，共商大事！」

徐庶「諾」了一聲，便退出大帳，隨即修書一封。

當他把書信送出去後，暗想道：「大王的意思已經很明確了，是想借助西涼兵來攻打燕軍，然後坐收漁人之利。曹操不愧是曹操，想的就是比我深遠……」

官渡，秦軍大營。

中軍大帳裡，燈火通明，馬超、張繡、王雙、錢虎、陳群等人歡聚一堂，舉杯開懷暢飲。

在大帳裡，尚有幾個來自西域的舞娘，正輕歌曼舞的跳著具有西域風格的舞蹈，幾名美麗的女子穿著薄紗，光著腳丫，手臂、腰間都纏著銅鈴，一扭動起來，鈴音四起，悅耳動聽，看得在場的男人都如癡如醉。

一曲佳音過後，舞蹈隨之停下，五名跳舞的女子便各自分開，朝馬超、張繡、王雙、錢虎、陳群走了過去，坐在他們旁邊為他們斟酒。

馬超幾個正值血氣方剛的年齡，見到這五名來自西域的美嬌娘，加上酒意正濃，不禁生出想將其占為已有的欲望。

「美人，你跳得實在太好了，讓本王看了心裡癢癢……」馬超的眼睛一直盯著其中一名美嬌娘胸前那道深深的溝壑，色迷迷地道。

「大王過獎了，如果大王不介意的話，小女子想請大王和我一起跳……」

「呵呵，好啊，本王最喜歡跳舞了，本王就陪你一起跳。」

馬超將美嬌娘橫抱起來，徑直走到帳中，一把撕開美嬌娘身上披著的薄紗，看著美嬌娘身上只剩下一抹圍胸和一條貼身短褲，哈哈笑道：「本王喜歡和你一起光著身子跳，來，美人，給本王……」

話音未落，但見一名身披連環鎧的將軍走了進來，手裡拿著一封信，對帳中的一幕彷彿視若無睹，面無表情地道：「末將索緒參見大王。」

「你有何事？」馬超有些掃興地道。

「大王，屬下巡夜，接到一封魏王寫給大王的信，特來交給大王。」

馬超聽後，將手一擺道：「美人們，你們都先下去，等本王解決了正事，你們再來陪本王和各位大人。」

等到美嬌娘都退了出去，馬超走回座椅，霸氣地道：「念！」

索緒打開信，當即朗聲念道：

「孤與秦王，彼此皆漢朝臣宰。前者，秦王私帶部下潛入魏國國境，不思報國安民，乃妄動干戈，殘虐生靈，以至於潁川十幾萬人流離失所，無家可歸，豈

仁人之所為哉……」

「哼！曹孟德居然數落起本王來了，他也不是什麼好鳥，早年攻打徐州時，一路上屠殺徐州百姓數十萬，比起他來，本王還差得遠呢！」馬超不等索緒念完便憤慨道。

陳群道：「大王，曹操乃當世梟雄，大王不要在乎他說什麼，關鍵看他到底要做什麼，大王的仁心天下可見，非曹孟德一人說了算。」

馬超這才按下性子，道：「繼續念！」

陳群知道馬超血氣方剛，容易動怒，生怕曹操的信中有什麼言語過激的地方，便走到索緒面前，施禮道：「索將軍，還是由我來念吧，索將軍辛苦了，請坐下歇息吧。」

索緒是馬超手下大將之一，涼州敦煌人，家世都是漢朝官吏，其祖先乃西漢太中大夫索撫。自索撫之後，索氏便在敦煌成了名門望族。

嚴格地講，西漢時期的索氏家族還算不上什麼世家大族，但他們在敦煌已經具有一定的影響。

西漢時期，在政治上居於重要地位的是開國功臣、貴族子孫及方吏、軍人和儒生。豪族的影響局限於地方，還有形成對政權的壟斷。

東漢王朝建立以後，隨著地主、官僚、商人三位一體的形成，地主階級在政治上、經濟上的地位日益鞏固。由於他們對土地的長期占有和對仕進選拔的壟斷，當時就出現了一批累世公卿的門第，如楊震四世三公、袁安四世五公等等。

更由於劉秀政權是憑藉南陽、穎川兩郡豪族的支持而建立起來的，面對豪族的壓力，劉秀不得不對他們採取拉攏優待政策，因此，東漢時期就出了一批累世仕宦家族。

敦煌索氏也就是在這種環境下逐步成長，成為一個世家大族，雖遠在僻地，卻屢受徵召，出任太守、刺史一類品秩較高的官職，發展為河西地區重量級的仕宦之家。

索緒是敦煌索氏中較為傑出的人才，可謂文武雙全，馬騰在經略涼州時，為了穩定各郡縣，在任用羌人為官的同時，還不忘記大肆提拔這些地方的望族，以增強自己在涼州的影響力，敦煌索氏自然而然就成了馬騰刻意拉攏的對象。

索緒出身名門，雖然先在馬騰手下為官，後又到馬超手下為將，但是從某種意義上講，索緒並不喜歡和馬騰、馬超這種出身低下的人來往，他的出仕，完全是為了保全家族的利益，是以他始終看不慣馬超的做法，卻又無能為力，只能避而不見，這也是為什麼索緒沒有參加酒宴的原因。

他聽陳群要念信，二話不說，將信遞給陳群，臉上依舊是一副萬年不化的冰冷表情，欠身道：「大王，各位大人、將軍，我還有要事處理，就先行告退了。」說完，便頭也不回的離開了大帳。

「敦煌索氏欺人太甚，竟然連本王都不放在眼裡！」馬超見索緒逕自走了，憤憤地道。

陳群勸道：「大王息怒，敦煌索氏人才濟濟，在敦煌一帶影響頗大，在整個涼州也算得上是世家大族，從漢武帝時，其先祖索撫落腳敦煌開始，索氏便在敦煌開枝散葉，一直到今天，索氏的影響力在西陲一直很大。可以說，**穩定住索氏，就是安定半個涼州的關鍵所在**，除此之外，索氏對西域也非常的瞭解，涼王一直想西征西域，所以索氏就成為涼王頗為器重的人了。索緒固然太過高傲，可不管他怎麼高傲，見到了大王，還不是得低下他那高傲的頭！」

聽完陳群的話，馬超心裡舒服多了，再說，索緒的武力在他的帳下諸位將軍中，確實可以算得上是出類拔萃的。

「姑且作罷，以後少讓本王見到他，讓他押運糧食算了。」馬超嘴上雖然這樣說，可是心裡卻不是那麼想，他討厭索緒的高傲，卻又不得不利用索緒去為自己打仗，心裡頗為矛盾。

陳群十分理解馬超的糾結，在他看來，馬超就是個剛剛長大的孩子，爭強好勝是少不了的，但是諸多時候往往會有點孩子氣，只要勸慰一下就好了。

「嘿嘿，大王放心，以後大王要是對索緒不滿意的話，可以讓他去燒鍋做飯，磨一磨他那骨子裡的清高。」錢虎建議道。

馬超笑了起來：「哈哈，這個主意好。不過，讓一個如此將才去燒鍋做飯，是不是太大材小用了？」

錢虎道：「屬下也是開個玩笑罷了，一切還得大王做主。索緒這個人脾氣太過古怪，有點不合群，除了大王能鎮得住他，還真沒有人敢把他怎麼樣吶。」

「誰讓他是本王的手下敗將呢？願賭服輸，這也怪不得他。陳群，你看看曹操到底說些什麼，不用逐字逐句的念了，揀重點說。」馬超得意的道。

「諾！」

第二章

左右逢源

「孟德兄想和我聯手對付西涼兵？」

「正有此意。」

「孟德兄，你葫蘆裡到底賣的什麼藥啊，先是去和馬超說聯手對付我，現在又和我說聯手對付馬超，你這樣左右逢源，挑撥我和馬超的關係，難道不覺得無恥嗎？」

陳群快速地掃視了一遍書信，只見他先是眉頭一皺，接著又有點歡喜，呆在那裡，若有所思的樣子。

馬超見狀，越是好奇，問道：「寫的什麼？」

「大王，曹操在信中說，他想和大王見上一面……」

「好！本王也想見一見這個所謂的梟雄，看看這個比本王還殺人不眨眼的大魔頭！」

「大王，**這其中不會有什麼陰謀詭計吧**，曹操那個人很狡猾，如今在官渡陳兵五萬，明顯是來打仗的，不是來朝見天子的。」王雙道。

「不管是什麼，所有的陰謀詭計在本王這裡統統行不通，不等他們把陰謀詭計布置好，本王便直接率領幽靈軍殺到他們的軍營了。區區五萬步騎的魏軍，能奈何得了本王三萬幽靈軍？就連魏國最引以為傲的虎豹騎都被本王打趴下了，魏軍還有什麼資格敢和本王叫板？」

張繡聽後，拱手道：「大王，小心駛得萬年船，還是要謹慎一點好。」

陳群合上書信，諫言道：「大王，張將軍的擔心不無道理，**曹操在官渡屯兵好幾天了，為什麼早不見，晚不見，偏偏這個時候見，其中一定有什麼不可告人的秘密**。不如臣去將索緒叫來，一起商議一下這件事……」

「不用了，去叫索緒回一趟虎牢關，讓涼王帶著天子、王允、楊彪等人到官渡來，本王就不相信，以我西涼鐵騎的實力，曹操敢在老虎頭上拔毛！」馬超心高氣傲地說道。

陳群知道馬超的脾氣，不再反駁，唯唯諾諾後，出了大帳，徑直去找索緒。

索緒正帶著部下巡視營地，剛好回到寨門，見陳群朝他走了過來。他對馬超沒什麼好感，有的只是主臣的關係，可對陳群則不一樣，十分尊敬，迎面拱手道：「中書令大人遠道而來，索緒有失遠迎，還望見諒。」

「索將軍，你這客套話說的未免太過了吧，從中軍大帳到這裡，也沒有多少路。」陳群笑道。

索緒也笑了起來，說道：「大人來找我，必然有要事，是不是大王又給我下什麼命令了？」

陳群點點頭道：「索將軍，大王讓你回一趟虎牢關，轉告涼王，讓涼王帶著陛下、公卿以及大軍來官渡駐紮。」

索緒聽完，眉頭便皺了起來，道：「秦王將陛下當什麼了，要他到哪裡，陛下就得到哪裡嗎？秦王還是陛下的臣子，這樣做，難道就不怕惹起非議嗎？」

陳群道：「索將軍忠心可嘉，可是索將軍別忘了，給予索將軍一切的是秦王

和涼王，天子只是一個擺設而已，天子所任命的一切職務，全部都是秦王的意思，秦王照顧陛下，掌控朝廷，這兩年沒少給你們索氏好處吧？」

「索氏忠心耿耿，為國事操勞，這是索氏應該得到的，與秦王有什麼關係？」索緒不滿地道。

陳群哈哈笑道：「論家世，索氏和太尉楊彪相比，索氏能勝得過累世都是公卿的楊氏嗎？」

「不能！」索緒如實答道。

陳群又道：「連太尉楊彪都得聽秦王的，索氏想特立獨行，是否顯得有點不妥？如今天下崩裂，有能者盡皆稱王，群雄割據一方，大漢早已經名存實亡，試問索將軍，當此之時，身為男兒，是否要建立一番功動？」

「是！」

「呵呵，索將軍若是能看開一點，或許索氏的新時代將會由將軍開啟，到時候索氏就不再是邊陲的望族，封侯拜相也是指日可待的事。」

索緒聽後，仔細地想了想，重重地嘆了口氣，道：「大人的話，讓索緒茅塞頓開……」

「想開了就好，希望你以後在大王面前不要再表現的那樣，否則，以大王的脾氣，隨時都可以殺掉你，如果你死了，索氏的新時代也就徹底完了，請索將軍好自為之。」

「多謝大人提醒，索緒這就去虎牢關。」

陳群安排好索緒的事後，再次回到中軍大帳，此時張繡、王雙、錢虎都離開了，大帳裡只有馬超一個人。

「參見大王。」

「免了，索緒怎麼說？他是否願意聽從本王的命令？」馬超問。

「大王放心，索緒從今以後只會聽大王一個人的命令，不會再違背大王的意思了。」

「哈哈，我就知道你有辦法，不愧是我的軍師。」

陳群道：「多謝大王讚賞，臣只不過是做了該做的事。對了大王，你準備如何答覆曹操？」

「我已經做了安排，讓錢虎派人給曹操送信去了，明日午時，在離大營十五里的地方見面，只准帶親隨四人，不許帶兵。」

陳群道：「既然大王已經做了決定，以臣之愚見，曹操奸詐，為了防止其詭

計多端，不如預先設下伏兵，見面的時候將曹操抓起來，有他在手，魏軍便不足慮，更可以借力打力，讓魏軍去攻打其他各王的軍隊。」

「你指的是剛剛渡過黃河的燕軍？」

陳群點點頭道：「正是。此次燕軍南渡黃河，五虎大將開路，十八驃騎為其爪牙，更兼荀攸、郭嘉、許攸等足智多謀的人，以十萬雄兵向官渡緩緩而來，看來也是別有用意。以臣之愚見，燕軍朝見天子時，必然是血灑官渡之時，只怕到時候官渡會成為各國角逐中原的試刀石，誰勝利了，誰就有機會一舉問鼎中原！」

馬超聽了道：「此事早在我預料之中，這也是為什麼我一開始便讓父親率領十萬西涼騎兵為我支援的原因。此次我要一舉成為天下人人敬仰，人人畏懼的人，我要讓天下人都知道，我馬超是護國的大功臣，是天子的利劍，誰敢違抗我，就是違抗天子，我就殺了誰。」

「大王雄心壯志，臣佩服不已。」

「呵呵，你也忙了一天了，下去休息吧。」

「諾！」

春末夏初的日子裡，午後的太陽用它炙熱的光芒，普照在官渡這片死氣沉沉的大地上。

曠野裡一片寂靜，空蕩蕩的沒有一個人，兩三隻饑餓的烏鴉正在忙著啄食荒草叢裡一隻黑色的死狗。

幾天前，居住在官渡一帶的數百戶百姓聽聞曹操率領大軍來了，匆忙地離開此地，慌亂中發生踩踏事件，好在無人傷亡，只死了一隻狗而已。

烏鴉在空中翱翔，伸出腳爪對準了牠們的獵獲物，同時瞪著敏銳的眼睛，張望著周圍一切有危險的事物。

忽然，曠野上急速駛來五匹戰馬，烏鴉們立刻驚飛，拍打著翅膀飛向高空，嘴裡發著怨恨的叫聲。

五匹戰馬緩緩停了下來，為首一匹駿馬的背上，馱著身著戎裝的曹操，他用犀利的目光在四野張望，可是除了吹動他衣袂的風，以及頭頂上的太陽和不滿的烏鴉外，再也沒有什麼動靜。

「大王，已經快到正午時分了，可是馬超那小子還沒來，會不會是在耍我們？」曹仁環視四周，不見一個人的蹤跡，便問道。

「馬超好歹也是秦王，說話自然算話，離正午還有一點時間，我們姑且就等他一下吧。」曹操道。

曹仁「諾」了聲，對同行的曹純、曹休、典韋說道：「你們三個一會兒把眼睛放亮點，好好記住馬超的模樣。」

曹純、曹休、典韋都點點頭。

不多時，馬超英姿颯爽地帶著張繡、王雙、錢虎、陳群四人奔馳而來。

曹操見有人出現，遠遠眺望，看到馬超年少英俊，風流倜儻，嘖嘖讚道：「錦馬超果然名不虛傳，雖然只有十幾歲，可是臉上沒有一點稚氣，反而多了分霸氣。」

「不會吧，就是這個小白臉將許褚打敗的？」曹純看了以後，不敢相信地說道。

典韋從馬超一出現，便感受到一股強烈的氣場由遠及近的向他逼來，他注視著馬超在馬背上的英姿，評論道：「此人很強，是個不錯的對手。」

「看來，馬超是真的很強，不然的話，你也不會稱讚他。典韋，許褚是否恢復過來了？」曹操看著駛近自己的馬超，心裡突然有一種無形的壓力。

「大王，許胖子根本就沒事，只是覺得沒有臉見大王，所以在閉門思過。」典韋答道。

「這樣便好，讓我放心了。」

不多時，馬超等人逼近，雙方相距二十米。

「秦王好。」曹操先開口，打破了寂靜。

馬超還是頭一次見到曹操，以前是只聞其名，不見其人，聽說曹操是治世之能臣，亂世之奸雄，今天總算如願以償地見到了，卻發現曹操的形象和他心裡所想的完全是兩回事，一點也不英俊瀟灑，說實在的，甚至可以用醜字來形容。

「你就是曹孟德？」馬超揚起亮銀槍，指著曹操問道。

「如假包換，童叟無欺，天下只我一個人敢叫曹操。」

「真是見面不如聞名。你找本王有何要事？」

馬超沒有從曹操身上發現半點梟雄應該有的樣子，反而覺得曹操像個莊稼漢。

曹操笑道：「對秦王來說，這是一件好事。孤想和秦王聯手，共同對付燕軍，不知道秦王意下如何？」

馬超聽後，哈哈大笑了起來。

曹操見馬超笑了，也跟著哈哈大笑了起來。

「你笑什麼？」馬超奇怪道。

「那秦王又笑什麼？」曹操反問。

「我笑你想的太天真了，實話告訴你，我馬超做事，從來不需要和誰聯手，想打哪裡，就打哪裡，你的潁川郡便是。如果當時不是我們露出了馬腳，潁川郡早已被我拿下來了，甚至整個豫州……」馬超自豪道。

「嗯，可惜秦王最後還是兵敗垂成，被我的軍隊追得像隻野狗一樣，只為保住一條小命，秦王覺得孤說的對嗎？」曹操諷刺道。

馬超還擊道：「魏王說的不對吧，好像是本王牽著魏王的鼻子走吧，只要本王到哪裡，魏王的狗就會跟到哪裡，讓本王耍得魏王團團轉，甚至連本王是怎麼進入魏國的，恐怕到現在魏王還不知情吧？」

曹操聽後，非但沒有生氣，反而笑道：「秦王小小年紀就有如此口才，了不起啊。不過，這些都是口舌之爭。我只想問秦王，到底願意不願意和我聯手，共同攻打燕國？」

「請問魏王，我憑什麼要和你聯手，又憑什麼要去攻打燕國？要知道，燕王高飛已經自降王位，這可是各大反王沒有人做到的。」

「這不過是逢場作戲罷了，**試問秦王，天下是誰第一個先稱王的？又是誰挑撥諸侯關係，造成兩次中原大混戰，致使舊都一帶的百姓遷徙他處？又是誰，手**

持傳國玉璽竊為己有？恐怕秦王心裡比我更加清楚，這一切都是拜高飛所賜。說到底，高飛才是最不忠的臣子，早該除去。」曹操道。

馬超聽後，沒有回答，陷入了沉思。

曹操見狀，添油加醋地說道：「秦王應該知道高飛以十萬之眾南渡黃河的消息了吧？秦王只是詔告天下，在官渡朝見天子，可是他高飛卻親率十萬大軍到來，並且調遣的全都是精兵良將，看來是別有深意。以我對高飛的瞭解，**他定然是想將天子從秦王手中奪走，然後挾天子以令諸王，掌天下之權，將大漢的權威全部踐踏在自己的腳下**。這樣的人，實則是大漢的禍害，不得不儘快除掉。」

馬超道：「本王和你聯手，有什麼好處？」

「當然有好處了，秦王試想一下，我魏國兵微將寡，內部又不太協調，這兩年來，徐州、青州、豫州連年發生暴亂，好不容易平息了這個，那個又起，真的是苦不堪言啊。秦王率領十幾萬大軍入主中原，一旦剿滅了試圖在中原稱霸的高飛，那麼整個河北就是秦王的了，如此一來，天下還有哪個人敢不聽從秦王的？到時候天子看到秦王的豐功偉績，一定會禪讓給秦王的，只要秦王登上了九五至尊的寶座，那就是臣的榮幸，也是天下的榮幸。」

馬超知道曹操的話很具有煽動性，但是並未馬上回答，反而說道：「今天就

到此為之，容本王回去想想。」

「嗯，不過秦王可別想太久，燕軍抵達官渡時，再想除去就難了。」曹操提醒道。

「放心，明天清晨，還是在這個地方，本王一定會給你一個很好的答覆。」馬超道。

說完，便帶著張繡、王雙、錢虎策馬狂奔而去。

「大王，我們就這樣走了，難道不抓曹操啦？」錢虎問道。

「我改變主意了，**與其攻擊弱者，不如扳倒強者**，一旦我殺掉了雄踞河北的高飛，那麼整個河北就會成為我的屬地，涼州、關中、河北就會連成一片，再南下爭雄，天下誰敢抵擋？」馬超口氣狂妄地道。

張繡道：「大王，曹操、高飛都不可放過，但是**如果能不戰而屈人之兵，方才是上上之策**。」

「哦，你有什麼建議？」馬超聽後，問道。

「大王可以暫且同意曹操的提議，假意和曹操聯手，卻暗中將此情報告訴給高飛，之後高飛和曹操肯定會爆發戰爭，大王就可以坐山觀虎鬥。正所謂，**兩虎**

相爭，必有一傷。不管誰勝誰敗，大王最後收拾殘局，絕對能夠將兩個人一舉攻破。」張繡建議道。

「好！這個計策好，若果真能夠成功的話，我提拔你當前將軍！」

張繡歡喜地說道：「多謝大王恩賞。」

「這件事就交給你去做，你親自跑一趟燕軍大營。」

「諾！」

這邊馬超走了，那邊曹操也帶著親隨回軍營。

他騎在馬背上，臉上揚起笑容，道：「馬兒終究還是太年輕了。」

曹仁哈哈笑道：「只能說大王太聰明了，以臣之見，馬超明日必然會同意大王的提議，聯手和大王一起對付高飛。到時候，燕國危矣！」

「子孝，你說的不對，應該是馬超休矣！」曹操目光中露出一絲狡黠，奸笑道。

曹仁聽後，狐疑問道：「大王，臣是越來越聽不懂了，**我們和馬超聯手對付高飛，危險的應該是高飛才對，為什麼大王會說是馬超危險？**難道大王是說馬超的部下無法打敗燕軍嗎？」

曹操搖搖頭道：「兵法云『**實則虛之，虛則實之**』，只要懂得運用這虛實的話，就能不戰而屈人之兵。**你們真的以為我和會馬超聯手？**」

曹仁、曹純、曹休、典韋四個人聽了，不禁面面相覷，露出不解的表情。

曹操看到他們的表情後，笑道：「如果我真的那麼容易被人看穿，那我就不是曹操了。我曹操，是天下獨一無二的，沒人能夠取代我，天下將被我玩弄於股掌之中……」

突然，曹操臉色一變，整張臉陰沉下來，聲音也變得嚴厲無比，令道：「子孝，你火速派人讓夏侯惇率領部隊增兵官渡，我軍要在這裡和敵人決一死戰。」

曹仁迷茫地問：「大王所指的敵人是……」

「凡魏國以外，皆我大魏之敵人。」曹操低吼道。

曹仁似乎明白了什麼，說道：「臣明白了，臣這就派人去通知夏將軍增兵官渡。」

「嗯，你可以回去了，曹純、曹休也回去，典韋跟我走，去燕軍大營。」曹操吩咐。

「去燕軍大營？」曹仁、曹純、曹休、典韋都吃驚地道。

「別問那麼多，我和高飛一別許久，今天也該見上一面，我怕以後再也見不到他了。」曹操眉頭緊皺，緩緩地說道。

曹仁、曹純、曹休不敢違抗曹操的意思，迅速地離開，曹操則帶著典韋朝燕軍屯駐的地方駛去。

燕軍大營裡，高飛剛剛巡視完營寨回來。

自從在卷縣登岸之後，他便下令大軍每天前進四十里，步步為營，向官渡一步步的靠近，五座大營始終保持著一致，前後遙相呼應，擺出防守的姿態。

夕陽西下，傍晚的餘暉照射在大地上，遠處的天邊也籠上一層紅霞，像是被鮮血染紅了一樣。

高飛身穿一身輕便的衣服，站在大帳前，看著血色的雲霞，不禁脫口說道：「天有異象，今日紅霞遮天，天空如同一片血色，**也許不久的將來，就會爆發一場空前的大混戰……**」

「哈哈哈！沒想到燕王殿下居然還會觀察天象，實在令老夫佩服。」

這時候，一個熟悉的身影出現在高飛的身後。

「張神醫？」高飛扭過頭，看到張仲景站在後面，吃驚道：「你……你怎麼來的？」

「殿下真會開玩笑，老夫自然是走來的，難不成還從天上飛來的不成？」張仲景開玩笑道。

「張神醫遠道而來，有失遠迎，請裡面坐！」高飛邀請道。

「不了，我只是路過此地，幸虧遇到前軍的甘將軍，這才知道殿下就在這裡，便特意來見一見殿下，以示問候。」

「如今我已經不是燕王了……」

「在我的心目中，燕王就是燕王。」張仲景固執地道。

「多謝神醫誇讚。對了，剛才神醫說是路過這裡，不知道神醫要去何處？」

「自然是去燕國了，官渡附近已經開始劍拔弩張了，雖說是朝見天子，其實是想搶奪天子，爭奪在中原的霸權，中原已經成為眾矢之的，我留在這裡，只會受到牽連。聽說燕國較為穩定，而且缺少名醫，所以我想去燕國救死扶傷。」

「很好，神醫的決定，我十分支持，我即刻派人護送神醫過河……」

「不用了，我獨來獨往慣了，隨遇而安，走到哪裡算哪裡，用不著什麼人送。」張仲景婉拒道。

高飛和張仲景又寒暄了幾句，之後張仲景便離開了燕軍大營。張仲景的出現，算是一個小插曲。

高飛目送張仲景離開後，正準備走進軍營，便見甘寧帶著一員秦軍的將領走了過來。

那秦軍的將領不是別人，正是張繡。他接到馬超的命令後，本打算想派人去見高飛的，但是後來他猶豫了，他想親眼見見鼎鼎大名的高飛。

不等甘寧和高飛反應過來，張繡便搶先一步對高飛拜道：「末將是秦王帳下橫野將軍張繡，見過燕侯。」

「張繡？」

高飛聽到這個名字，仔細地打量了一下張繡，見張繡年紀大約在三十多歲，體格硬朗，看起來十分的健碩，尤其是那一雙炙熱的眸子，讓人一眼就很難忘懷。

張繡看著高飛打量自己的眼神，頗為感到奇特，但他也算是見多識廣的人，這種像是在看珍稀動物一樣的目光，他已經很熟悉了。

高飛打量完張繡後，立刻恢復常態，朝甘寧擺擺手道：「沒什麼事，你可以退下了。」

甘寧點點頭，轉身離開。

「進帳說話。」高飛轉過身子，徑直走進大帳。

張繡跟在高飛的身後進了大帳，主賓坐定之後，便向高飛拱手道：「燕侯，我是秦王殿下特意派來給燕侯通風報信的……」

「通風報信？報什麼信？」

「魏王曹操今天主動向我家大王示好，表示要與我家大王一起聯手對付燕侯。我家大王為人忠厚，最喜歡幫助別人，所以派我來將這個消息告訴給燕侯，好讓燕侯有心理準備，並且轉達燕侯，我們秦軍絕對不會參與此事。」

「哦？那我豈不是要感謝你們秦王了？」

「這倒不用，燕侯出身隴西，我們秦王也是涼州人，說起來是一家人，這一家人不說兩家話，秦王又怎麼會忍心看到別人欺負燕侯呢。」張繡侃侃說道。

「呵呵，這話說得很在理。那麼，秦王想我怎麼樣？**給我通風報信，應該有什麼代價吧？**」

張繡急忙搖手道：「燕侯不要誤會，秦王絕無此意，只是想讓燕侯明白曹操的險惡用心而已。如今情報已經送達，我也該回去了，就此告辭。」

「將軍遠道而來，如今天色已晚，不如在這裡休息一夜再行離開吧，也讓我表示一下對將軍的敬意！」

「不必了，張某還有命令在身，就不多叨擾了。」

高飛也不強留張繡。張繡在歷史上並不怎麼出名，最出彩的地方就是他和手下大將胡車兒一起殺死了典韋。所以，高飛不是很喜歡張繡。

「無事獻殷勤，非奸即盜。」高飛目送張繡離開後，嘴裡說道。

之後，高飛將荀攸叫來，向荀攸說了張繡通風報信的事。

「大王，看來馬超是在向大王示好，想借機挑起我軍和魏軍的事端，然後坐收漁人之利。」

「軍師可有什麼別的法子讓馬超和曹操打……」

「報——」親兵打斷了高飛的話。

「什麼事？」

「啟稟主公，曹操求見！」

「曹操？他會來我這裡？」高飛詫異中帶著驚喜，「他現在在哪裡？」

親兵答道：「一個叫典韋的人，目前正在營外，說是要讓主公去一個地方見曹操。」

荀攸聽後，皺起眉頭道：「主公，曹操不請自來，而且來得那麼突然，其中必然有詐，不可以去。」

高飛笑道：「曹操既然敢來，我就敢去，就算有詐，這周圍有我的十萬大

軍，有什麼好怕的。軍師，你可與我同去。」

「主公，屬下也願意和主公一起去！」這時，郭嘉從帳外走了進來，聽到裡面的對話，立刻拜自告奮勇。

「好，都一起去。」

話音一落，高飛帶著郭嘉、荀攸二人來到營外，見典韋筆直的站在大營外，手裡牽著一匹駿馬，魁梧的身板以及冷峻的面孔給人一種不怒而威的感覺。

「走了張繡，來了典韋，許多事都被我影響了，看來典韋不會再死於張繡之手了。」高飛看見典韋，暗暗地想道。

典韋站在那裡，猶如一尊神祇，對高飛拜道：「典韋見過燕王殿下。」

「我已經不是什麼燕王了，請典將軍不要再稱呼我燕王了。」高飛道。

對於典韋，高飛是打心眼裡喜歡的，就像喜歡關羽、張飛一樣，只可惜這四位猛將都不在他的手下，假如有一天這四人都當了他的手下，他相信他一定會很好的駕馭這四個人，甚至比曹操、劉備做的還要好上百倍。

「燕王始終是燕王，雖然燕王自降爵位，但是在典某的心中，燕王仍舊是殿下。殿下，典某是奉命前來請殿下的，我家大王想和殿下見上一面，就殿下和我家大王兩個人！」

典韋注意到燕軍士兵都帶著敵意的眼神看著他，他仍是鎮定自若地站在那裡，絲毫不為所動。

「只有我和魏王嗎？」高飛狐疑道。

典韋點點頭道：「這是我家大王的意思，不知殿下意思如何？」

「哼！說的輕巧，萬一我家主公獨自一人去了，你們卻埋伏重兵，豈不是上了你們魏王的當？」荀攸不信任地嗆道。

典韋看了眼荀攸，目光中射出攝人的光芒，冷冷道：「典某願意在此做人質，若燕王不能安全歸來，典某甘願聽從你們的發落。」

「你的一條爛命怎麼可以和我家主公相提並論？」荀攸咄咄逼人地說道。

典韋聽到這話，臉上抽搐了一下，二話不說，伸手從背後取出一對烏黑的鑌鐵打造而成的大戟。

「保護主公！」荀攸、郭嘉見狀，立刻將高飛拉到後面，大喊道。

呼啦一聲，大營內外站著的燕軍士兵登時湧了上去，如林的長槍對準了典韋，弓箭手也搭上了箭矢，只待一聲令下。

典韋哈哈哈地笑了起來，隨即將其中一柄大戟丟在地上，手中握著另一柄大戟朝自己的臂膀揮舞了一下，左臂登時鮮血直流，染紅了他的手臂，他將大戟丟在地上，身上再也沒有其他兵器。

「典某以血起誓，魏王只想單獨和燕王會面，沒有加害燕王的意思。」典韋冷冷地說道。

「都退下！」高飛撥開擋在自己身前的荀攸和郭嘉。

士兵們紛紛收起兵器，向後退了兩步。

高飛走到典韋面前，看著他被鮮血染紅的手臂，說道：「曹孟德有你這樣的將領，是他一輩子的福氣。你的忠義我體會到了，我相信你。告訴我，曹操現在在哪裡？」

典韋道：「燕王可自行到東南十五里處的高坡上，到了那裡，會有提示，能讓燕王找到我家大王的所在。不過，我奉勸燕王殿下，不要想派兵去找我家大王，我家大王只要看到一點不對勁，就會立刻回到官渡。」

「沒想到曹孟德心思如此縝密，他既然不相信我，為何會派你前來？」高飛對曹操的狡猾實在佩服得五體投地。

「不！我家大王恰恰是相信燕王才會派我前來。典某就在這裡等候燕王，燕王歸來時，便是典某告辭之日。」

「嗯，很好。典韋將軍，你是一個很好的將軍，不過，你別忘了，就算我一個人去，只要我想殺曹孟德，以我的武藝，也是易如反掌。」

典韋聽後，古波不驚的臉上立刻浮現出一絲異樣的鬆動，目光如炬地看著高飛，卻不知道該如何做。對他來說，只是聽說過高飛有過人的武藝，並未親眼見過，如果高飛真的對曹操行凶的話，那麼曹操肯定會凶多吉少。

忽然，典韋心中的彷徨消失不見，暗想道：「大王一向聰慧，對高飛也很瞭解，如果沒有把握，他是不會這樣做的……」

「燕王殿下要怎麼做，那是燕王殿下的意思，與典某無關，典某能做的，只有這麼多，典某只負責把話傳到，至於殿下和我家大王如何相處，那就是你們的事了。」典韋放下了擔心，緩緩說道。

高飛呵呵笑道：「很好。來人啊，給典韋將軍治傷，好生照料。」

荀攸看到高飛說這句話時，目光中夾帶著異樣，同時注意到高飛對自己使了個眼色，立刻會意過來，便點點頭道：「諾！」

高飛騎上烏雲踏雪，獨自一人離開軍營，朝典韋所說的地方而去。

此時暮色四合，天地間籠罩了一層薄暮，高飛越走越遠，天色也越來越暗，沒多久，天就完全黑了下來。

沒有星星，沒有月亮，有的只是漂浮在空中厚厚的雲層，給這個不平凡的夜晚注入了幾分神秘。

高飛很快來到典韋所說的那個小山坡，四周看了看，並未發現有什麼異常之處，更沒有發現有什麼提示。

就在高飛納悶之時，忽然山坡下冒起亮光，一堆篝火被燃了起來，曹操身穿便裝，坐在篝火邊，身旁放著兩罈美酒，篝火架上正烤著一隻美味的野豬。

「子羽賢弟，一別兩年，今日重逢，下來喝一杯吧。」曹操緩緩站起身，朝山坡上的高飛招手。

高飛見狀，暗想道：「曹孟德這個傢伙，故弄玄虛的本事倒是不少，明明是約會的地方，卻搞得那麼神秘。看來，從我一出現，他就躲在暗處觀察許久了，確定沒有危險才敢現身，真是狡猾。」

「駕！」高飛大喝一聲，策馬下了山坡。

高飛翻身下馬，將韁繩一甩，拍了一下烏雲踏雪的背，輕聲道：「到一邊玩去。」

烏雲踏雪極通人性，聽到高飛的話，便慢跑了出去，在附近的草叢裡吃草。

「我還以為子羽老弟不會來呢。」曹操抓起一罈酒，扔向對面的高飛，笑著說道。

「孟德兄盛情邀請，子羽又怎麼不會來呢？」高飛一把接住曹操扔來的酒，也笑了起來。

「坐吧，這裡方圓十里內沒有一個人，正是咱們兄弟倆敘舊的時候。」曹操率先坐了下去。

高飛也不客氣，一屁股坐了下去，打開懷中抱著的酒罈子，立刻一股清香撲鼻，不禁讚道：「這酒好香啊……」

「呵呵，當然，這是杜康酒，醇香綿綿，乃酒中上品。」曹操說道。

「杜康美酒雖好，可惜卻不能解憂。」

「誰說的，我倒是認為這杜康酒能夠解憂。最近我做了一首詩，叫《短歌行》，其中就有幾句，是這樣寫的……」

「對酒當歌，人生幾何！譬如朝露，去日苦多。慨當以慷，憂思難忘。何以解憂？唯有杜康。」高飛不等曹操把話說完，便搶先道：「孟德兄，我說的對吧？」

「子羽老弟真神人也，這首《短歌行》我剛做沒多久，外人極難知道，子羽老弟卻能誦出詩中的句子，實在令人匪夷所思。莫非子羽老弟在我的身邊安插的

有你的細作？」曹操一語雙關，輕描淡寫地道。

「呵呵，當然有，你身邊所有的人都是我的細作！」

「哈哈哈！子羽老弟真會開玩笑，如果真是那樣的話，那子羽老弟豈不是隨時都可以將我殺掉嗎？」

曹操嘴上這樣說，心裡卻不是這樣想法，心想，回去之後一定要徹查此事，逐一盤查身邊所有的人。

「算是吧，現在我也可以輕而易舉的取你性命。不過，在我取你性命之前，你能否告訴我，為什麼要約我到這裡來？」

曹操笑道：「子羽老弟真是明知故問啊。」

「此話怎講？」

「子羽老弟，大家都是明白人，何必裝傻充愣呢？」曹操喝了口酒，微笑說道。

高飛道：「孟德兄，請直言，我還真有點丈二和尚摸不著頭腦了。」

曹操放下酒罈子，緩緩說道：「子羽老弟應該不難看出，此次天子下詔，請諸王彙聚官渡，說是商議修建舊都之事，但是從某種意義上來說，這是馬超的主意。馬騰父子起西涼兵十三萬東進，氣勢雄渾，頗有始皇掃六合之意……」

高飛見曹操頓口不語，道：「孟德兄不要吞吞吐吐，以你我交情，還有什麼話不能說的？」

曹操臉上立刻變得嚴肅起來，說道：「子羽老弟起十萬大軍南渡黃河，所帶的兵將盡皆精銳，論到氣勢，子羽老弟可是一點都不亞於西涼兵。咱們明白人不說糊塗話，子羽老弟莫不是想藉著這次機會，將天子從馬騰、馬超父子的手中搶過去，然後挾天子以令諸侯，掌天下之權？」

「哈哈哈……孟德兄，恐怕這是你的真實想法吧？」高飛笑道。

曹操直言不諱，誠實地答道：「不錯，這確實是我的想法，但是，子羽老弟也同樣有這樣的想法，對吧？」

高飛沒有回答，權當是默認了。

「既然我們的想法一致，為什麼不能共同行動呢？西涼兵來勢洶洶，其戰鬥力遠勝過我的虎豹騎，更何況十三萬騎兵不是你我可以獨自抵擋得了的……」

「孟德兄想和我聯手對付西涼兵？」

「正有此意。」

「呵呵，孟德兄，你葫蘆裡到底賣的什麼藥啊，先是去和馬超說聯手對付我，現在又和我說聯手對付馬超，你這樣左右逢源，挑撥我和馬超之間的關係，

難道不覺得無恥嗎？」

曹操聽了高飛的話，心知是馬超派人告訴了高飛，但是面不改色，反而擺出無賴姿態，笑道：「無恥者無畏嘛，子羽老弟不也是經常很無恥嘛？來！別的不說了，先喝幾口，咱們慢慢談！」

高飛聽後，和曹操相視而笑，莫逆於心。

幾口酒下肚之後，高飛道：「孟德兄，請直言吧，我很想聽聽你的獨特見解。」

「咱們是兄弟，兩國之間又簽訂了盟約，如果我們聯手擊退了馬超，搶來天子，之後的事，咱們可以共同協商嘛，你當大將軍，我當司空，咱們共同輔佐天子，何必大動干戈呢。可是馬超不一樣，西涼兵好勇鬥狠，四肢發達，頭腦簡單，他們想借著天子的名義稱霸天下，對他而言，我們兩個是最大的障礙。試想一下，馬超為什麼派人去告訴賢弟我和他有過密謀，就是希望我們兩兄弟打起來，他好坐收漁人之利。」

「兩虎相爭，必有一傷。等我們打得差不多了，馬超再率領西涼鐵騎來收拾殘局，那麼，我們就無力還手了，只能任由其擺布，不出兩年，馬超必然能一統北方和中原。」高飛接著曹操的話道。

「正是出於這種擔心，所以我才希望和賢弟聯手，共同擊退馬超，將天子搶過來，我們兄弟一起輔佐天子，賢弟掌兵，我執政，必然能夠使得天下興盛起來。」曹操看似誠摯地道。

對於曹操的話，高飛是半信半疑，高飛很清楚，曹操根本不是這樣的人，之前他就試探過曹操，願不願意採用共和制度，曹操絲毫沒有興趣，何況曹操是個梟雄，內心奸詐狡猾無比，他的話豈能相信！

曹操見高飛半天不語，問道：「賢弟，你覺得呢？」

「我覺得，我應該現在先殺了你，然後魏國就會群龍無首，我率領大軍以迅雷不及掩耳之勢攻擊你，吞併你的魏國之後，再和馬超進行決戰。」高飛像是開玩笑地道。

曹操聽後，哈哈大笑起來，道：「不錯不錯，這樣的想法十分獨到，說得我的心也癢癢的，也很想在現在殺了你。不過，你別忘了，就算我們其中一個人死了，我們的部下也不是那麼容易征服的，不管是你殺我，還是我殺你，到頭來只能便宜西涼兵。你若殺了我，我的部下必然為我報仇，仇恨的力量是不容忽視的，肯定會兩敗俱傷；我殺了你，結果也是一樣。」

「看來，我想殺你都不行了。」

「不！你還是可以殺我的，比如，在我們擊退西涼兵以後，我們可以進行決戰……」

「很好，這是你最終的意見？」

「當然不是，我可不希望和老弟開戰，老弟的鐵浮屠已經名聞天下了，所向披靡，我可不敢和老弟做對，論裝備，論戰力，我都和老弟差了一截呢。」

「呵呵，孟德兄可真會吹捧我。既然如此，孟德兄有什麼本錢可以和我聯手共同對付馬超？」

「智謀！打仗靠的是這裡！」曹操伸出一根手指，指了指自己的腦袋瓜子，笑道：「以賢弟的帶兵打仗的優越性，加上我的智謀，定然可以不費吹灰之力便能擊敗馬超。」

「你的意思是，我出兵，你出腦子？那我豈不是太吃虧？」

「不！我們一起出兵，老弟的智謀可一點都不亞於我，連之前不可一世的袁紹都被老弟給擊敗了，天下還有幾人是老弟的對手？老弟帶著燕軍，我帶著魏軍，**咱們一起向馬超開戰，前後夾擊馬超，怎麼樣？**」

「嗯，那我們就來個**官渡之戰**吧，一戰將馬超西涼老家去！」

「那就這樣定了？」曹操笑著道。

「嗯，不過我們應該擔心一個人，一個藏在暗處的人。」

曹操狐疑道：「誰？」

「大耳賊占據荊州全境，也可謂是兵精糧足，如果他進來攪局的話，那麼就會給官渡之戰帶來許多不確定的因素。所以，得想辦法將他留在荊州。」

「不如借刀殺人……」曹操道。

「洗耳恭聽。」高飛道。

「孫文台可是一直想占領荊州的，劉表在世時，孫文台曾經多次和荊州發生摩擦，如今雖然劉表不在了，荊州也換了主人，但是對於孫文台來說，荊州一直都是他的心病。不如我們共同修書一封，派人送達東吳，請孫文台出兵攻打荊州，牽制住劉備，這樣一來，劉備就無暇北顧了。」

「不！如今的東吳，已經不是你我一句話可以左右的，東吳的水軍並未訓練而成，對付劉備只會很吃力。水戰非比在陸上作戰，加上東吳又在下游，所以極為不利。」

「那賢弟是什麼意思？」

「把劉備拖進來，讓他帶兵到官渡來，孟德兄對付劉備，我對付馬超，來一次空前規模的官渡之戰，要讓這場戰役在史書上留下最光輝的一頁，這一戰，徹

底打殘馬超和劉備！」

曹操聽完，似乎感受到高飛的無比雄心，表面上點頭稱是，心裡卻想道：「最讓人頭疼的就是你了，可是現在又不得不和你聯手，天意弄人啊。」

「好吧，就這樣定了，如果賢弟有什麼需要，我會派遣大軍予以支援，西涼兵可不是好對付的。不過，以我的看法，**應該先和劉備聯合，一起對付馬超，這樣的話，勝算更大**。至於對付劉備嗎，等馬超落敗之後，我們一起反戈一擊，必然能夠使得劉備措手不及，也可以減少很大的傷亡。」

「一言為定！」

「哈哈，賢弟，今夜我們痛痛快快的喝酒吃肉，準備迎接官渡之戰。」曹操笑道。

二人商議已定，便大吃大喝起來，也不知道到了什麼時候，二人都有點微醉，方才各自離開。

第三章

暗潮洶湧

蜀國看似平靜，波瀾不驚，但是內部卻是隱藏著許多暗湧，勢力可以分為兩派，一派是蜀王劉璋的心腹派，另一派則是以相國趙韙為首的實力派，兩派經常爭權奪利，可以說，趙韙在實力上遠遠的超越了劉璋所控制的蜀軍。

高飛回到軍營時，已經是凌晨了，一路上策馬奔馳，酒意也去了不少。荀攸、郭嘉、文醜等候許久，見到他回來，立刻迎了上來。

「主公，你可回來了，你要是再不回來，屬下肯定要帶著人去找主公了。」文醜擔心地說道。

「不必如此，我安然無恙。對了，典韋的傷勢包紮了嗎？」

荀攸道：「已經包紮了，目前被人嚴密監視著。」

「很好，文醜，典韋就交給你了，絕對不能讓他離開軍營半步，就算捆綁也在所不惜。」

「主公是想將典韋強行留下來？」郭嘉問道。

「怎麼？難道不可以嗎？」高飛反問。

郭嘉道：「可以，不過以典韋的性格，只怕很難留下來。不如殺掉，以絕後患。」

「暫時不殺，我留著他還有用，權當他是一個人質。將典韋帶到大帳來，我要見他。」

「諾！」文醜抱拳應道。

高飛又對荀攸、郭嘉道：「傳令下去，明日一早，全軍開拔到官渡駐紮。」

「諾！」

「主公，典韋將軍到了。」不一會兒功夫，文醜帶著典韋走進大帳。

「典韋將軍，請坐！」高飛抬手示意典韋坐下。

典韋左臂上纏著繃帶，朝高飛抱拳道：「多謝燕王。」

高飛又對文醜道：「你也坐！」

「諾！」

文醜坐在典韋對面，目光始終盯著典韋，雖然沒有武器的典韋已經不具備太大的威脅，但是他認為典韋這樣的人，絕對是個危險人物，所以時刻保持著警惕，生怕典韋會做出對高飛不利的事來。

典韋感受到異樣的氣氛，見文醜盯著自己的眼神像是防賊一樣，便主動說道：「燕王殿下既然安全歸來，我想典某也該告辭了……」

「典韋將軍身上受了傷，不宜過度勞累，不如就安心在我燕軍的軍營裡養傷，等傷勢好轉了，再回去不遲。」高飛早有預料，緩緩說道。

「多謝燕王的好意，典某心領了，只是我還要回去保護我家大王，就不久留了。」

高飛見典韋起身要走，急忙道：「典將軍，讓你留下養傷正是你家大王的意思，難道你要違抗你家大王的命令嗎？」

典韋不信地道：「讓我留下是我家大王的意思？」

高飛點點頭道：「是的。我將你的事說給孟德兄聽，孟德兄知道你受傷後，對你很是關切，便讓我轉告你，讓你好生在我軍營裡養傷，等傷勢好了再回去不遲。」

典韋不做聲，陷入了沉思。

高飛見典韋若有所思的樣子，便道：「你不用想了，我已經和孟德兄達成協議，如今燕軍和魏軍是同一條戰線上的人，你在我的軍營裡，可以把這裡當成你的家，等你傷勢一好，我立刻派人把你送回去。」

典韋道：「既然是我家大王的意思，那典某自然從命，只是可能會叨擾燕王了。」

「一家人不說兩家話，典將軍只管好生養傷即可。文醜，送典韋將軍下去，好生照料。」

文醜站了起來，抱拳拜道：「諾！」

卻說曹操回到大營時，天色已經濛濛亮了。

徐庶、曹仁、曹洪、曹純、曹休、李典、樂進、于禁等人都一夜未睡，一直守在大營的寨門前，眺望著遠處，期待著曹操的歸來。

當眾人看到曹操騎著絕影馬快速奔馳過來時，所有人都鬆了一口氣，打開寨門，帶領士兵列隊歡迎。

徐庶走在隊伍的最前，曹仁、曹洪等人緊隨其後，士兵列隊在寨門兩邊，顯得很有威儀，大家都異口同聲地拜道：「恭迎大王！」

曹操勒住馬匹，翻身下馬，立刻有一名士兵上來牽住絕影馬。

曹操環視徐庶等人，問道：「你們都一夜未睡嗎？」

徐庶答道：「大王未歸，臣等夜不能寐。」

曹操笑道：「沒什麼好擔心的，我只是去見了一個故人而已。」

徐庶道：「大王，事情的來龍去脈，臣聽子孝將軍描述過了，**臣想不通，大王究竟是想聯合馬超對付高飛，還是想聯合高飛對付馬超？**」

曹操看著站在他面前年輕的徐庶，心中想道：「元直還是太過年輕，閱歷不夠，如果戲志才在我的身邊的話，應該能夠看破我的想法，可惜啊……」

「**誰也不聯合，誰也不對付，讓馬超和高飛拼命去吧**，我們另有其他的事情

要做。」曹操一邊向營寨裡走去，一邊說道。

曹仁不解地道：「大王，那我們要做什麼事？是不是繞過馬超，去將天子給搶過來？」

「子孝的計策可行，不過我們要做的事，遠比搶天子還要重要……」曹操賣了個關子。

「比搶天子還重要的事情……那是什麼事？」曹洪想不出個所以然來，問口問道。

曹操道：「天子只不過是個擺設，有什麼好搶的，就算搶到了，天子也會成為一塊燙手的山芋，到時候，肯定會有其他人以勤王為名義來向魏國宣戰……」

「大王分析得極有道理，臣佩服的五體投地！」曹仁奉承道。

「大王，我們不搶天子，那我們幹什麼去？難不成退兵回陳留不成？」曹洪的脾氣不是很好，脫口而出道。

曹操走進大帳，對身後的徐庶、曹仁、曹洪等人說道：「你們都坐吧。」

眾人紛紛落座，見曹操手握權杖，知道曹操要發號施令了，臉上都帶著興奮。

「曹仁、曹洪、李典、樂進、于禁！」曹操喊道。

「臣等在！」曹仁、曹洪、李典、樂進、于禁齊聲答道。

曹操拿出五枚權杖，令道：「你們五個，從今天起，一個人帶領一萬人，分別隔開五里下寨，分前、後、左、右、中五座大營，曹仁在前，曹洪在後，李典在左、樂進在右，于禁居中，互為犄角之勢。」

「諾！」

曹操繼續說道：「曹純，你率領虎豹騎負責在五座大營間來回巡邏，一旦發現哪方有異動，便可以直接施行捕殺，不必向我彙報。」

曹純道：「諾！不過，虎豹騎向來缺少有能力的將領，就臣一個人，只怕無法照顧得過來……」

曹操聽出了曹純的話外之音，看了一眼站在曹純身邊的曹休，便指著曹休道：「文烈，本王今天給你一個機會，任命你為虎豹騎副都統，和曹純分別統領虎豹騎，晝夜交替，不得有誤，否則，我將永世不再用你為將！」

曹休聽後，立即抱拳道：「屬下一定不負大王厚愛。」

「嗯，你們都下去準備吧。」

「諾！」

一瞬間，大帳裡便空蕩蕩的，只剩下徐庶和曹操兩個人。

曹操看了眼徐庶，問道：「你是不是有什麼事情想問本王？」

徐庶點點頭道：「大王，怎麼沒有看見典將軍？」

曹操經徐庶這麼一提醒，才發現不見了典韋的蹤跡。

他想了想，道：「或許還在路上吧，本王的絕影馬速度太快，典韋騎的馬匹未必能夠跟得上。不用擔心，典韋武藝高強，不會有什麼事的，天亮以後或許就會回來的。軍師，你去準備準備，一會兒和本王去見馬超，本王猜測，馬超今天必然會同意和我聯手，這樣一來，本王就能更好的利用馬超了。」

徐庶直到這時候，才真正明白曹操的意思，暗暗想道：「看來，大王果然是想左右逢源，然後添油加醋，坐收漁人之利……」

天色微明，曹操帶著徐庶和十幾名親隨朝昨天和馬超約好的地點奔去。

等到了地方，馬超和張繡、王雙、錢虎已經在那裡等候多時了，而且顯得有點不耐煩。

馬超見曹操帶著十幾個人翩翩而來，心中便有種說不出的怒氣，氣憤地道：「堂堂的魏王，一點都不守信用，說話如同放屁，還當個什麼王？」

曹操聽到馬超的氣話，抬頭看了看天色，確實已經過了約定的時間，難怪馬超會如此生氣。笑呵呵地說道：「非常抱歉，讓秦王久等了。」

「哼！既然來了，咱們就把話挑明。你昨天說的話，本王回去想得很清楚了，覺得你說的在理，但是，我西涼鐵騎尚未集結完畢，還有一部分留在關中，糧草更是押運困難，所以暫時不能向燕軍開戰。何況，此次陛下召集天下諸王共商大事，若是本王在諸王朝見天子的時候動手，天下的人必然會唾罵本王。」

曹操反問：「那秦王將如何打算除掉高飛？」

「這個嘛，本王準備在高飛朝見天子的時候，以大不敬之罪讓陛下將高飛抓起來，然後再以大漢律例將高飛斬殺，如此便可不費吹灰之力了。」馬超說道。

「好是好，不過高飛並不是傻子，不會輕易就範。我倒是有一計可以除去高飛……」

「講！」馬超眼裡冒出了光芒。

曹操道：「楚王劉備和高飛早有過節，如果劉備和高飛見面，必然會互相仇視，秦王再加以挑撥的話，兩人必然會大動干戈。這樣一來，秦王就能以犯上作亂的罪名將高飛斬殺，何樂不為呢？」

馬超聽後，哈哈笑道：「很好！本王即刻派人去荊州催促劉備速來覲見天子，就說天子很想見劉備，劉備身為漢室後裔，必然會親自到來。」

「秦王高明。」曹操讚道。

馬超道：「曹孟德，如果高飛死了，咱們就將河北一分為二，並州、幽州、冀州西部歸本王，冀州東部和青州部分則歸你，如何？」

「一言為定！」曹操鄭重其事地說道。

「好，就這樣定了，告辭了。」馬超調轉馬頭，帶著部下揚長而去。

太陽剛從東山露出臉，射出道道的強烈金光，像是在大聲的歡笑，藐視那層淡霧的不堪一擊。蔚藍色的天空上，沒有一絲雲彩，越發顯得它的深邃無邊。

襄陽城的南門外，楚王劉備親自帶著滿城文武列隊在城門口，隆重地等著一個人的到來。

辰時剛過，一匹駿馬從南方駛進眾人的眼簾，馬背上的人，豹頭環眼，皮膚黝黑，虯髯鬍張，丈八蛇矛緊握在手，正拍打著馬匹快速奔馳。

「大王，三將軍來了。」伊籍站在劉備的身邊，指著由遠及近的張飛興奮地說道。

劉備的臉上也顯得格外喜悅，他和張飛已經有一年多沒見了，在安撫荊州的時候，他讓關羽鎮守荊州的北部，卻派遣張飛和諸葛瑾一起去鎮守荊南四郡，正因為有這兩位兄弟的幫助，他才能夠將荊州牢牢的掌控在手裡。

不多時，張飛便奔馳到城門邊，看到劉備帶著文武百官親自迎接自己，感到十分的開心。

他翻身下馬，走到劉備的面前，一把將劉備抱在懷裡，喜悅地說道：「大哥，俺可想死你了。」

「三弟，大哥也想你啊……」劉備也緊緊地抱著張飛，道：「半個月前我就派人給你送去了命令，為什麼你直到今天才回來？」

張飛大吐苦水道：「別提了，都是諸葛瑾那小子給鬧的。一接到大哥的信，俺立刻就想回來，可是諸葛瑾那小子硬是不讓俺走，說什麼要進行交接，要清點府庫、兵員、器械……這些東西俺平日裡根本不管，大部分都是交給手下人去做的，要問這些東西，他找看守武庫的人不就結了，非要拉著俺一起去點算，所以耽誤了點時間，望大哥見諒。」

劉備聽後，哈哈笑道：「三弟啊，你也別怪子瑜，子瑜做得對。你身為荊南都督，屯駐長沙，總督荊南四郡，臨走時子瑜要你做個交接，這是應該的。」

張飛不願再提起諸葛瑾，轉移話題道：「大哥，離朝見天子還有二十多天吧？大哥準備的怎麼樣了？」

「一切都準備妥當，就等三弟來了，到時候我們一起去南陽，三兄弟就又能見面了。這次朝見天子，我們要帶領大軍去，勢必要將天子從馬超的手裡搶過來，迎到襄陽來，只有這樣，漢室才有興盛的希望。」劉備興奮地道。

「嗯，大哥說怎麼辦，俺老張就怎麼辦。」

這時，麋竺從人群中擠了出來，走到劉備的身邊，小聲說道：「大王，益州來的貴客離襄陽不遠了，是否準備酒宴款待？」

劉備聽後，當即道：「當然當然，你快去按照原計劃張羅，順便讓軍師準備好一切，我們一定要熱情地款待益州來的貴客。」

麋竺「諾」了聲，領命而去。

「大哥，益州來的貴客？莫非是蜀王劉璋？」張飛聽到麋竺和劉備的對話，好奇地問道。

劉備搖搖頭道：「蜀王劉璋並未親自前來，而是派了一個使團，以趙韙為使節，帶領一個使節團前往官渡朝賀天子，並且送上來自蜀國的賀禮。如今，趙韙等人路過荊州，咱們應該款待一番才是。而且，我想和他們一起上路，路上也有個照應。」

「哈哈，那俺老張可來巧了。大哥，聽說那劉璋和大哥一樣，也是漢室後裔，這麼比對下來，蜀國和咱們楚國是友好的睦鄰，招待睦鄰，自然要豐盛點才行。」張飛道。

劉備對於張飛說的話只是笑了笑，並未作答，但是在他的心裡，卻是極為不爽，主要還是因為劉璋未能親自前來，讓他之前準備了許久的計畫就此落空，只好做出相應的策略調整，向蜀國的使團表示友好。

接了張飛，劉備立刻便帶人從南門轉到了東門。

東門口，許劭帶著糜竺、孫乾、簡雍、傅巽、韓嵩等人列隊在那裡，儀仗隊也早早就位，簡直比歡迎張飛還要給力。

張飛見到這陣勢，心裡微微有點不平衡，當即對劉備道：「大哥也太不公平了，歡迎俺老張竟然如此草率，歡迎一個外人，卻如此的隆重……」

「原來三弟吃醋了，那好，下次我一定會十倍的歡迎三弟。今天這事情比較特殊，蜀王和我從無瓜葛，說不上敵視，也說不上有好感，只是互不侵犯，但畢竟蜀王和我同是漢室後裔，單憑這一點，就能讓我們兩國之間成為非常友好的睦鄰，所以擁有這樣的一個睦鄰，對我們百利而無一害。」劉備笑著說道。

「大哥說什麼就是什麼吧，俺聽大哥的。」張飛嘟囔著道。

就在這時，官道上遠遠地駛來一行人，為首的是幾名騎著馬的騎士，打著一面「蜀」字的大旗，後面則是一輛馬車，在馬車的車架上還掛著代表使臣身分的符節，再後面則是長長的車隊，道路兩邊全副武裝的騎兵守護著車隊，每個人都顯得很有精神。

「大王，蜀國的人來了。」許劭報告道。

「嗯，開始吧。」劉備點頭道。

許劭將手抬起，大聲喊道：「奏樂！」

一聲令下，美妙的樂曲便演奏了起來，城門邊鑼鼓喧天，顯得很是熱鬧。

官道上，「蜀」字大旗的下面，一個面帶青鬚的將軍騎在馬背上，遙遙望見襄陽城門前旗幟飄展，靡靡之音傳了過來，便讓馬匹走慢幾步，來到馬車的身邊，小聲地說道：「大人，襄陽城到了，似乎楚王親自在城門邊迎接。」

馬車裡的窗簾地被掀開了，露出一張清秀的臉龐，一個四十多歲的男人端坐在那裡，對那名騎將說道：「從進入楚國以來，我們一路上都受到楚國人的熱情款待，如今楚王又親自接應，我們應該擺出蜀國的姿態，展示給楚王看，不要丟了我們蜀國的臉。」

「諾，大人！」騎將答應道。

馬車裡的人道：「嚴將軍，你先去替本官通報一下，一切都要以禮相待，楚王對我們照顧有加，我們也應該表示一下誠意，你去告訴張任，讓他拿出一車蜀錦，當作禮物送給楚王吧。」

「大人，只怕有些不妥吧，這些禮物都是大王送給天子的，如果大人不經大王同意，私自將蜀錦送給別人，只怕張任那裡無法通過。」

「嚴將軍，你就照本官說的去做。就算張任是大王的心腹，也不敢違抗本官的命令，要知道，大王能有今天，本官可是功不可沒的。本官就不信，連大王都敬讓我趙韙三分，他張任一個小小的都尉，又能把本官怎麼樣？」

嚴將軍聽後，便道：「是，大人，末將這就去按照大人的吩咐做。」

話音一落，嚴將軍沒有策馬向前狂奔，而是先向後跑了過去，來到車隊的尾部，找到了坐在最後一輛押車的少年，道：「張任，大人有令，命你取出一車蜀錦，當作禮物送給楚王，以表示……」

少年不等嚴將軍把話說完，便從車上跳了下來，大喝一聲「停」，他負責押送的最後五輛裝滿蜀錦的車輛便立刻停止了前進。

少年畢恭畢敬地朝著嚴將軍拱手道：「嚴將軍，末將身負王命，負責保護這五車蜀錦能夠安全送達到天子腳下，不管是誰，都別想從我的眼皮子底下帶走一絲一毫的東西。」

嚴將軍叫嚴顏，巴郡人士，字希伯，乃劉璋帳下一小吏，經由趙韙提拔，歷任都尉、縣令、校尉、中郎將之職，如今在蜀國中擔任平狄將軍的高位。

他聽到張任的話，心中極為不悅，對站在他面前的這個叫張任的男人十分反感，但是他又不得不佩服，這個張任確實有兩把刷子，不僅武藝超群，膽識過人，而且還頗為孝順，深得劉璋喜歡。

「這是大人的命令，還請張都尉務必執行！」

在嚴顏的心裡，趙韙就是他的恩人，如果沒有趙韙，他根本不會做到這個高位，他不感謝劉璋，只對提拔自己的趙韙忠心耿耿，所以對趙韙的話言聽計從。

張任言辭正色地說道：「我奉大王命令，任何人不得動用這五車蜀錦，否則格殺勿論。嚴將軍，還請你不要挑戰我的底線，否則，一會兒血濺當場，可就不是我願意看到的了。」

嚴顏皺眉道：「張任！你口出狂言，實在太可恨了，我是堂堂的平狄將軍，這次使團的一切全部由我負責，你可不要得寸進尺！」

張任呵呵笑道：「嚴將軍，我敬重你是一條漢子，不想為難你。如果嚴將軍執意要蜀錦的話，就將張大人請來，讓他親自來找我要！」

嚴顏聽後，心中一團怒火直燒，但是他也很清楚，張任是蜀王的心腹，不好得罪。雖然他是平狄將軍，官位比張任高出許多，可和蜀王之間的關係卻不是很融洽。他知道張任口中的張大人指的是誰，二話不說，調頭便走。

他向前走了一段路，來到車隊的正中央，對一個騎在馬背上的三十歲左右的男人說道：「張大人，咱們自打進入楚國境內，一路上受到楚國很好的照顧，相國大人的意思是，拿出一車蜀錦獻給楚王，以表示我們對楚王的友好和謝意，你認為此事是對還是錯？」

張大人叫張松，字永年，蜀郡成都人。他長得額寬頭尖，身短不滿五尺，其貌不揚，但是說話的聲音卻如銅鐘一樣宏亮，也很有才幹，有過目不忘的本事，現為益州別駕，足智多謀，深得蜀王劉璋的喜愛。

張松聽完嚴顏的話，緩緩說道：「滴水之恩，當湧泉相報。天下各王中，只有楚王劉備和大王是漢室後裔，同根同源，理當獻上禮物表示一番，此事相國大人做得沒錯。」

嚴顏道：「可是偏偏有人不識時務，不肯將所押運的蜀錦拿出來……」

「呵呵，嚴將軍，你說的是張任吧？」張松一聽話音，便知道是怎麼回事了，笑道：「張任是大王身邊的親衛，一向只聽大王的話，加上他年輕氣盛，難免在言語上有點衝突，還希望嚴將軍大人不計小人過，不要將此事放在心上。」

「年輕？張任少說也有二十五六了吧？這也叫年輕？我像他這個年紀，孩子都已經八九歲了！」嚴顏氣呼呼地道。

「呵呵，張任久居山林，不懂什麼人情世故，自以為得到大王的喜愛，就很囂張。不過，嚴將軍可是蜀國的老人，如果跟一個心智不開的人計較，傳了出去，是不是對嚴將軍也影響不好？」

嚴顏冷哼一聲道：「張大人，這件事就交給你辦吧……」

話音一落，便策馬向前奔去，不一會兒回到隊伍的最前面，繼續帶領隊伍向襄陽城緩緩前行。

張松見狀，二話不說來到隊伍最後面，朝張任招手道：「你……過來！」

張任看到張松來了，顯得很是畢恭畢敬，抱拳道：「見過別駕大人！」

張松道：「嗯，你一會兒留下一車蜀錦，準備獻給楚王。還有，以後不要再用言語頂撞任何人，此次大王派我們跟隨相國一起出使，其中的意思我想你應該比我還清楚，你這樣意氣用事，只會壞了大事！」

張任倒是很聽張松的話，畢竟他們兩個都是蜀王劉璋的心腹，當即道：「別駕大人，屬下知道錯了。」

蜀國看似平靜，波瀾不驚，但是在內部卻是隱藏著許多暗湧，勢力可以分為兩派，**一派是蜀王劉璋的心腹派，另外一派則是以相國趙韙為首的實力派**，兩派之間經常爭權奪利，可以說，趙韙在一定程度上已經和劉璋平起平坐了，甚至在實力上遠遠的超越了劉璋自己所控制的蜀軍。

東漢末年，內亂不斷，宗正劉焉上書靈帝，以為刺史威輕，既不能禁，且用非其人，輒增暴亂，乃建議改置牧伯，鎮安方夏，清選重臣，以居其任。漢靈帝同意了劉焉的建議，命劉焉為益州牧。當時在朝中做太倉令的益州巴郡人趙韙辭官追隨劉焉，同赴益州，欲圖進行政治投資。

益州既定，劉焉儼然獨霸一方，但不久卻癰疽發背而卒。趙韙等認為劉焉之子劉璋溫仁共保其為益州牧，實際上，益州大權掌控在趙韙的手中。

不久，沈彌、婁發、甘寧等歸附劉焉的軍隊發動了叛亂，叛亂失敗後，叛軍紛紛東入荊州避亂。

劉璋遂以趙韙為征東中郎將，率眾擊劉表，屯兵朐忍。

然而，益州適逢東州兵暴亂，劉璋又不得不將趙韙召回，命他安撫。趙韙先以錢財賄賂的方式收買荊州地方官，滅除外力，並聯合益州本土大族聚眾起兵，擊敗了東州兵，並且將東州兵收入帳下，益州之亂遂平。

劉璋稱王之後，以趙韙為相國，總攬蜀國大小政務，但是由於趙韙的權力過大，也引來了劉璋的猜忌，劉璋大肆提拔年輕的將領，將武藝超群者收為親衛，張任便是一個佼佼者。是以這次派遣趙韙為使，並且暗中安排心腹張松、張任等人密謀趙韙。

張松見張任認錯，便小聲說道：「嚴顏乃趙韙心腹大將，武藝過人，有萬夫不當之勇，若要密謀趙韙，必先爭取嚴顏，以後你不要再和嚴顏有所爭執了，大王密令你們全部聽我的，你們不可擅自行動。」

張任頗有不服，但是見張松義正嚴詞的，也不敢拒絕，畢竟他知道，沒有張松的智謀，他根本無法完成此事。

張松撂下一句話後，便走了，張任則主動留下一車蜀錦，讓人送到隊伍的前面去。

襄陽城下，鑼鼓喧天，楚王劉備率領文武大臣親自迎接，好不熱鬧。

趙韙坐在馬車上，拉開窗簾，看到離襄陽越來越近，便對同行的嚴顏說道：「楚王如此隆重，我必須親自相見，暫且命令部隊停下，你隨我一起去見楚王。」

嚴顏「諾」了一聲，等候在馬車那裡，見趙韙下車，便讓人牽過來一匹戰馬，陪同趙韙一起向前走去。

襄陽城下。

劉備見趙韙、嚴顏兩騎翩翩而來，便側臉對身後的糜竺道：「來的這兩個人是誰？」

糜竺道：「長袍者是蜀國相國趙韙，那位身披鎧甲的乃是蜀國平狄將軍嚴顏。大王，聽說蜀國的大權，基本上都掌控在趙韙的手裡，劉璋不過是個傀儡。」

劉備搖搖頭道：「劉璋羸弱，外人當權，真是漢室的不幸啊。」

許劭聽後，笑道：「我看未必，趙韙印堂發黑、眉宇間隱約有著一絲怨氣，正所謂物極必反，恐怕將不久於人世，大王應該把握好這個機會才行。」

劉備聽出了許劭的話外之音，嘴角浮現一絲淡淡的笑容，說道：「寡人知道該怎麼做了，多謝軍師提醒……」

很快，趙韙、嚴顏便到了襄陽城下，翻身下馬，徑直走到劉備等人的面前，掃視一圈眾人後，便道：「蜀國相國趙韙、平狄將軍嚴顏，見過楚王殿下。」

劉備急忙道：「兩位大人不必多禮，來者是客，二位大人遠道而來，一路上

所過之處，不知道楚國各縣可有怠慢？」

趙韙道：「承蒙楚王照顧，一路上所過各縣盡皆照顧有加，真是太謝謝楚王殿下了，相信以後我們蜀國和楚國會永久和睦的相處下去的。」

「哈哈，如此最好。放眼天下，唯有寡人和蜀王是漢室後裔，我們若不緊密相連，必然會被外人所欺，希望我們兩國日後能夠永世盟好。」

「我謹代表蜀王謝過楚王的盛情款待，另外，為了表示我們蜀國的誠意，特獻上一車蜀錦，還望楚王笑納。」趙韙道。

劉備沒有反對，順理成章地收下了，之後又和趙韙寒暄幾句，便將趙韙等人全部迎入了襄陽城。

進城的時候，張飛站在城門邊，見嚴顏從身邊經過，主動上前搭話道：「你就是平狄將軍嚴顏？」

嚴顏看了眼張飛，見他豹頭環眼，儀表不俗，腦中立刻閃過張飛的名字，笑道：「正是在下，閣下應該就是楚王的義弟，張翼德張將軍吧？」

張飛哈哈笑道：「你眼力不錯，正是俺老張。俺聽說你在蜀國號稱萬夫莫敵，可有此事？」

嚴顏道：「浪得虛名，嚴顏賤名不值得一提。」

「俺可不管你是否是浪得虛名，別人既然那麼說你，你應該是有真本事的，如果沒有本事，也不會有那麼大的名氣。待會兒酒宴過後，俺老張想和你切磋切磋，不知道嚴將軍意下如何？」

「這個嘛……」

張飛見嚴顏猶豫不決，佯怒道：「怎麼？俺老張難道不配做你的對手，還是你根本看不起俺老張？」

嚴顏急忙擺手道：「不不不……張將軍莫要誤會，嚴某絕無此意……」

「那就這樣一言為定了，一會兒酒宴上，你莫貪杯，酒宴過後，俺老張便和你大戰一場。」

嚴顏無法推辭，也只能違心點頭答應。

張飛見嚴顏答應下來，便將身子一閃，做出一個請的手勢，說道：「嚴將軍，請！」

蜀軍入城後，糜竺先是給蜀軍安排了住處，之後劉備在楚王府宴請了趙韙、嚴顏等人，酒宴上大家只說些無關痛癢的話，有說有笑的，顯得很是和諧。

然而，在蜀軍所居住的臨時軍營裡，張松卻召集了張任、劉璝、楊懷、高沛、泠苞、鄧賢六位隨他同行的年輕將領，共聚一室，密謀暗殺趙韙。

清冷的月光灑在大地上，到處都有蟋蟀的淒切的叫聲，夜的香氣瀰漫在空中，織成了一個柔軟的網，把所有的景物都罩在裡面。

襄陽城裡，楚王劉備正在楚王府設宴款待著從益州來的貴客，整個楚王府燈火通明，氣氛也十分的融洽。趙韙、嚴顏一杯接著一杯的喝著劉備、張飛等人所敬的酒，不知不覺已經變得微醉了，而酒宴，卻還在繼續。

蜀軍居住的臨時軍營裡，張松、張任、劉璝、楊懷、高沛、泠苞、鄧賢等人共聚一堂。

「今天叫大家來，想必大家都應該很清楚吧？」

張松端坐在床上，環視圍繞著屋子的張任六人道。

六人面面相覷，臉上都表現出堅韌的樣子，默默地點了點頭。

「養兵千日，用兵一時。」張松的目光再一次審視著六個人的面孔，緩緩說道：「你們都是大王親自選拔的貼身護衛，大王的處境，你們應該十分的清楚。此事如果做成了，一旦回到蜀國，大王必然重重的賞賜你們，將軍、校尉、中郎將這些職位就都是你們的。我在這裡只問你們最後一次，你們是否願意在今夜以命相搏？」

「我等的性命只屬於大王一個人的，張大人就請下令吧！」張任、劉璝、楊懷、高沛、泠苞、鄧賢六人齊聲答道。

張松聽後，重重地點了點頭道：「很好，大王沒有白養你們，一會兒你們就開始行動。不過，大王說過，罪只在趙韙一人，與其他人沒有任何牽連，所以，我想提醒你們，只要殺掉趙韙一人即可，與旁人無關，一定要做得乾脆俐落。」

「諾！」

「趙韙、嚴顏尚在楚王府飲酒，趙韙的身邊我已經安插了人，你們趁現在混入趙韙的住所，等到趙韙歸來後，必須要予以一擊必殺，務必做到神不知，鬼不覺，到時候就將一切罪責全部推給嚴顏。」張松吩咐道。

「諾！」

聲音一落，張任、劉璝、楊懷、高沛、泠苞、鄧賢六人便出了張松的住所，六個身穿夜行衣的人在張任的帶領下，悄悄地潛入到趙韙所居住的房間，隱藏在房間裡等待著趙韙的出現。

整個兵營裡，蜀軍因為楚軍的熱情款待而爛醉如泥，楚軍的款待讓蜀軍卸去了防備，根本沒有人發現張任、劉璝、楊懷、高沛、泠苞、鄧賢六個人的行動，加上張松又極會帶動氣氛，派心腹去各個兵營勸酒，讓蜀軍更加徹底的放棄了原有的戒備。

趙韙的房間裡，張任、劉璝、楊懷、高沛、泠苞、鄧賢六人分別躲在不同的角落裡。半個時辰後，六人等得身體都變得僵硬起來，不由得有了懈怠。

「大哥，趙韙一死，大王就真的能夠掌控整個蜀國嗎？」躲在床底下的鄧賢突然小聲問道。

張任在六個人中年紀最大，同時也是武藝最高的，是以被視為六個人的首領，更何況張任身兼都尉一職，官職也比其他五個人高那麼一點點，六人雖然沒有結拜，在平時卻都以兄弟相稱，而且習慣地稱張任為大哥。

「你對大王的話有懷疑？」張任坐在房梁上面，聽到鄧賢的問話後，反問道。

「屬下可不敢。只是，趙韙手握重兵，更有嚴顏為輔，如果只殺趙韙一人的話，只怕嚴顏會尋我們麻煩。以屬下之見，不如連嚴顏一起殺掉算了。」鄧賢一不做二不休地道。

「嚴顏武藝高強，有萬夫不當之勇，並不似趙韙那麼容易對付，我怕我們沒殺掉他，反而會被他殺死了。」躲在牆角的高沛心中有些擔心，說出了自己的意見，「再說，別駕大人早有吩咐，只讓我們殺趙韙一人，我們可不能違抗命令。」

「膽小鬼！嚴顏武藝再怎麼高強，雙拳也難敵四手，更何況，我們若是躲在暗處，突然下殺手，定然能夠殺他個措手不及。不過，別駕大人確實有過交代，只殺趙韙一人，其餘人可免一死。而且，這也是大王授意過別駕大人的，畢竟嚴顏統領東州兵，萬一他死了，東州兵失控，就會成為蜀國的最大禍害。」劉璝從一個黑暗的角落裡走了出來，對躲在牆角裡的高沛說道。

「別吵了，都聽大哥的，大哥讓咱們怎麼幹，咱們就怎麼幹！」楊懷聽到屋裡的人爭執不休，喝止道。

張任雖然看不慣嚴顏，卻也不得不承認，劉璝的話確實有道理，而且他隱約感覺到，不殺嚴顏，也正是為了保全大局。只要嚴顏不死，東州兵就不會亂，但是趙韙死了，非但不會引起太大的動盪，反而會讓那些原本趙韙一派的全部垮臺，勢必會重新依附劉璋。

「聽大王的，大王讓我們怎麼做，我們就怎麼做。大王身邊有王累、黃權、秦宓、夏侯纂等謀士，他們考慮的事情都很全面，如果真的選擇了不殺嚴顏，自然有其道理。在蜀國，可以說半數以上的蜀軍都是東州兵，東州兵勢大，嚴顏為平狄將軍，統領著整個東州兵，只要嚴顏沒事，東州兵就不會犯上作亂。趙韙死後，張松自然會憑藉著三寸不爛之舌勸服嚴顏，所以你們不用擔心這個。」張任

緩緩地解釋道。

泠苞一直沒有說話，聽了張任的話後，說道：「大哥已經發話了，大家都不要再有疑問了，等今夜殺了趙韙，我們回去之後定然會受到大王的嘉獎，到時候我們兄弟也可以分別統領東州兵，一點一點的削弱嚴顏，將兵權收回，何樂不為呢？」

「好了，大家都藏好，都這個時候了，估計趙韙也該回來了。」張任不耐地說道。

又過了一會兒，果不其然，喝得酩酊大醉的趙韙回到了房間，送他進來的嚴顏告辭之後，便一個人躺在床上，倒頭便睡，一點防備都沒有。

張任、劉璝、楊懷、高沛、泠苞、鄧賢六個人等趙韙完全睡熟之後，這才分別從房間裡的各個地方冒了出來，全部彙聚在趙韙的床前，紛紛抽出手中的利刃，互相對視了一眼，二話不說，舉刀便朝趙韙的床上砍了過去。

可憐趙韙連叫都沒有來得及叫一聲，整個人便喪命在亂刀之下，整張床染滿了鮮血。

張任、劉璝、楊懷、高沛、泠苞、鄧賢六人完事之後，很快便退出了房間，然後各自脫去了夜行衣，換上一身鎧甲後，便和衣而睡，不敢再當眾會面。

第四章

打草驚蛇

「趙韙是在我的王城中遇害的，和我脫不了干係，必須抓到凶手。」劉備沉著臉道。

「可是該怎麼抓凶手呢？」傅巽始終想不明白，問道。

「最好來個打草驚蛇……」許劭道。

「打草驚蛇？」劉備、傅巽都詫異地望著許劭。

一夜相安無事，到了第二天清晨，趙韙的親隨酒醒之後，便去敲趙韙的房門，叫趙韙起床。哪知，親隨敲了大半天，始終不見趙韙開門。他本以為是趙韙睡得太死，沒有聽見，便站在門口，守衛在那裡。

午後，嚴顏酒醒之後，搖了搖還有點頭昏的腦袋，感覺十分的難受。昨夜他本來不打算喝酒的，但是卻遇到了張飛一個勁的敬酒，他不想喝也得喝。於是，他一杯接一杯的喝了下去，也不知道喝了多少酒，只覺得自己頭昏腦花的。

陽光照射在剛剛走出房門的嚴顏的身上，顯得格外的愜意。他伸了個攔腰，想起還有事情沒和趙韙商量，便走到趙韙的房門。

剛接近房門，便聞到一股血腥味，心中一凜，推開趙韙的房門，驚見趙韙倒在血泊中死去多時，整個人被砍成一團肉泥，慘不忍睹。

「大人……」

嚴顏驚呼一聲，臉上立刻沉了下來，轉身揪住親隨的衣襟，吼道：「格老子的！你這個龜兒子到底是如何看護大人的？」

親隨一臉的無奈，對眼前的一幕也十分的吃驚。

這時，張松路過門口，見趙韙倒在血泊之中，故作驚訝地對嚴顏說道：「此事既然發生在楚國境內，就應該由楚國負責，嚴將軍，我們必須去質問楚王，一定要他們給我們個說法！」

嚴顏正在氣頭上，聽了張松的話，咬牙切齒地騎上快馬，直奔楚王府。

楚王府門前，麋竺、孫乾、簡雍正在張羅趙韙送來的那一車蜀錦，忽然看到嚴顏凶神惡煞地奔馳而來，都嚇了一條。

「叫你們楚王出來！」嚴顏嘶吼道。

守衛在楚王府門前的士兵不知道發生了什麼事情，見嚴顏滿臉怒色的，都面面相覷。

麋竺、孫乾、簡雍三人對視一眼，一起走到嚴顏的身前，拱手問道：「嚴將軍因何事動怒……」

嚴顏不等麋竺三人把話說完，揚起馬鞭便要抽打，嚇得麋竺三人急忙後退。

可是，他的手剛舉到半空中，還沒來得及揮打下去，手腕便像被鐵鉗一樣的抓住，只覺一股很大的力道將他從馬背上硬拽了下來，眼看就要摔在地上，不想那拽他下來的人用雙手托住了他的腰，將他在空中旋轉一圈後，安然無恙地放在地上。

嚴顏雙腳剛一著地，便看見一張黑臉出現在自己的面前，豹頭環眼，眼似銅鈴，不是張飛還能是誰。

「嚴將軍，俺老張敬重你是個名將，所以沒有為難你，不然的話，剛才你就會摔個狗吃屎了。你是我們楚國的客人，我們待你為上賓，你卻要打這些手無寸鐵的人，到底是何居心？」張飛粗中有細，說起話來，頭頭是道的。

「叫劉備出來，我家大人的事，一定要給我一個交代！」嚴顏對張飛的話絲毫沒有領情，憤怒地說道。

「你家大人的事？是什麼事？」

張飛昨日本來想找嚴顏比試一下武藝的，哪知兩人都喝醉了。這時，他見嚴顏滿臉怒色，覺得嚴顏一定是有什麼原因才會這樣，狐疑地問道。

「裝什麼裝？你們害死了我家大人，這件事我跟你們沒完！如果不把凶手交出來，我軍必然會揮兵東進，鏟平你們楚國！」嚴顏放出狠話道。

「你剛才說……你家大人死了？」張飛不敢相信地道：「你不是開玩笑的吧？」

張飛說話時，扭頭看著身後的糜竺、孫乾、簡雍等人，希望能從三人的眼神裡找到合理的解釋，可是，糜竺、孫乾、簡雍都聳聳肩，表示對嚴顏所說的事一無所知。

「誰跟你開玩笑？」嚴顏二話不說，舉拳便打。

張飛也不示弱，直接迎上嚴顏，兩人拳打腳踢的，就在楚王府門前打了起來。

早有人將此事稟告給劉備，劉備急忙地帶人來到楚王府的門口，見張飛雙拳生風，逼得嚴顏沒有辦法還手，大叫道：「都給我住手！」

劉備的聲音不大，但是極有威懾力，張飛聽到劉備的聲音，虛打了一拳，將嚴顏逼開後，這才退到劉備的身邊。

「劉備！你這個假仁假義的偽君子，快還我家大人的性命來！」嚴顏一見劉備露面，大聲吼道。

劉備也是一頭霧水，根本不知道是怎麼回事，將張飛拉到身邊，小聲問道：「三弟，到底發生了什麼事？」

「事情是這個樣子的……」張飛以最快的方式敘述他是怎麼和嚴顏打起來的。

劉備雖然聽了張飛的解釋，但是對於具體細節並不瞭解，也有點糊裡糊塗的，便指著嚴顏問道：「我能否知道到底是發生了什麼事？」

「楚王當真不知道？」嚴顏厲聲問道。

劉備不悅道：「我要是知道，還問你做什麼？」

「相國大人在深夜被人暗殺，倒在血泊中。我軍一路上行走都好好的，為什麼一到襄陽，國相大人就被人殺死了？」嚴顏質疑道。

這會兒，傅巽從一邊走了過來，看見楚王府前如此熱鬧，便擠進人群，貼在劉備耳邊說了幾句話。

劉備聽後，臉上立刻變色，急忙追問道：「真有此事？」

傅巽道：「確有此事，臣身為襄陽令，剛才勘察了一下，結果什麼都沒發現，趙韙卻躺在血泊中。」

劉備聞言道：「此事事關重大，很有可能會影響兩國邦交，絕對不能走漏半點風聲。你火速傳令四門，緊閉城門，任何人不得放出，只許進，不許出。」

「大王，昨夜守門士兵都喝得爛醉，直到今天才醒來，所以四門一直沒有開啟過，以臣之見，殺死趙韙的凶手定然還在城中，當全城搜捕才是。」傅巽建議道。

「凶手沒有留下任何蛛絲馬跡嗎？」劉備問道。

「沒有。」傅巽回憶案發現場，答道。

「沒有凶手的蹤跡，就無法展開搜捕，而且這件事還不能傳揚出去，不管怎麼說，趙韙是在我的王城中遇害的，和我脫不了干係，必須抓到凶手。」劉備沉著臉道。

「可是該怎麼抓凶手呢？」傅巽始終想不明白，問道。

「最好來個**打草驚蛇**……」許劭不知道何時擠進了人群，聽到劉備和傅巽的對話，建議道。

「打草驚蛇？」劉備、傅巽都詫異地望著許劭。

許劭點點頭，緩緩說道：「凶手殺了趙韙，無非是想嫁禍給大王，既然如此，為何不先打草驚蛇，讓他們自己露出馬腳，到那時候，凶手必然會現身。如此，事情就變得簡單的多了。」

劉備聽後，覺得許劭說得很有道理，便道：「軍師，那又該怎麼打草驚蛇呢？」

「嚴顏便是大王這盤棋中最重要的一顆棋子，如果大王利用好了，這盤棋就等於贏了。」許劭分析道。

劉備聽後，心中的野心頓時展露出來，臉上露出了狡黠的笑容。

嚴顏站在一邊，實在看不下去了，便吼道：「喂！你們在那邊唧唧喳喳的說什麼呢？不想死的都閃開，我要替我家大人報仇！」

劉備聽到嚴顏的吼聲，笑道：「嚴將軍，如果你真的想為你家大人報仇的

話，你就必須聽我的。」

「我憑什麼要聽你的，我家大人說不定就是你殺的。」嚴顏氣急敗壞地道。

「嚴顏！休得放肆！有俺老張在這裡，你若敢再對俺哥哥如此說話，俺一定擰下你的頭顱。」張飛見嚴顏一再出言不遜，忍不住大聲叫了起來。

「少裝好人了，我家大人……」嚴顏的心裡對楚軍充滿了不滿，根本無法冷靜下來。

「本王鄭重地告訴你，你家大人不是本王殺的。你思考一下，本王如果要殺你們的話，早在你們進入楚國境內的那一刻就殺了，可本王沒有那麼做，反而對你們照顧的無微不至，昨天晚上更是為了迎接你們，搞了一個聯歡晚會，和你們相處的十分融洽。再說，本王不會笨到在這個時候選擇殺害你的大人，那無疑是惹禍上身。這件事可疑的地方有很多，難道嚴將軍一點就沒有看出來？」劉備分析道。

「你好好想想，如果我們真的要害你們的話，何必等到現在，又何必只殺了趙韙而不殺其他人呢？」許劭補充道。

嚴顏聞言陷入了沉思，靜下心來想想，也覺得漏洞百出，可是嘴上卻不願承認。

劉備察言觀色，看到嚴顏已經默認了，便道：「嚴將軍，如果你真想抓到凶手，本王倒是有個辦法。」

「什麼辦法？」嚴顏道。

劉備嘿嘿笑道：「咱們來個打草驚蛇和苦肉計，不知道嚴將軍可否願意接受本王的調遣？」

「只要能夠找出凶手，嚴某在所不惜。」

隨後，劉備召集所有人在王府中集結，然後讓許劭說出具體的辦法。

與此同時，蜀軍將士因為趙韙平白無故的死去而沸騰了，一致認為是楚軍在打壞主意，必須予以反擊。

嚴顏不在，張松就成了整個蜀軍官位最高的人，他將所有的人全部聚集在一起，煽動士兵，以金銀財寶作為誘餌，很快便贏來許多士兵的認同。

「弟兄們，相國大人死於非命，我們作為蜀國的將士，理應為其報仇。據我所知，殺害趙韙的人，就是平狄將軍嚴顏……」張任接著張松的話，繼續煽動著士兵。

「你放屁！嚴將軍怎麼可能會殺趙大人？你這樣詆毀我家將軍，是什麼

意思？」

張任從懷中掏出一枚權杖，問道：「你們看清楚了，這是大王的權杖，見到此權杖如親見大王，不管是誰，誰要是不服從我的命令，格殺勿論！」

幾百號士兵立即鴉雀無聲，等候張任的命令。

正當張任準備開口的時候，高沛慌裡慌張地從外面走了進來，對張松和張任說道：「一切準備就緒，請大人下命令吧！」

「斬殺嚴顏，為相國大人報仇！」張任一手高舉著權杖，一手舉著長刀，大聲喊道。

眾人都跟著一起叫了起來，頓時將士氣給烘托了出來。

「大人請下令吧！斬殺嚴顏，為相國大人報仇！」眾位蜀國士兵齊聲道。

張任看到這種氣氛，便看了身邊的張松一眼，見張松微微點了點頭，便朗聲道：「出發！」

「砰！」

一聲巨響登時響了起來，院落的大門被人一腳給踹開，張飛身披鎧甲，手持丈八蛇矛，帶著一群鐵甲衛士衝了進來。

與此同時，院落的牆頭上都趴滿了弓箭手，皆是箭在弦上的樣子。

「全部給我拿下！」張飛一進門，將長矛向前一招，立即過去兩隊人，將院落裡的蜀軍將士全部圍了起來。

「張將軍！你這是何意？」張松見狀，急忙站了出來，質問道。

張飛陰沉著臉，看著張松道：「你們手拿兵器，全身披甲，俺還想問你們想幹什麼呢？」

張任道：「我們的相國大人被人刺殺了，凶手就是嚴顏，我們正準備去殺掉嚴顏，請張將軍不要阻攔，以免壞了兩國邦交。」

「哼！你是個什麼東西，有什麼資格跟俺說話？哪位是益州別駕張松？出來說話！」張飛看都沒有看張任一眼，冷冷說道。

「你……」張任氣得不輕，剛要發火，卻被張松給拉住了。

張松擋在張任的身前，笑著說道：「在下便是益州別駕張松，不知道張將軍有何吩咐？」

張飛瞧了眼張松，覺得張松長得實在醜陋，臉上現出厭惡的表情，清了清嗓子，喝道：「你們相國的事，俺已經知道了，俺正是來告訴你們，凶手嚴顏已經被俺給拿下了，如今身首異處。楚王擔心你們會做出過激的行為，特地派俺前來保護你們。現在，請你們放下手中的兵器，不要抵抗，否則，就別怪俺不客氣了！」

張松聽後，和張任對視一眼，都覺得實在太過突然了。

「請問張將軍，此話當真？」張松問。

「怎麼？俺老張的話你們還信不過？告訴你們，俺老張從來不說謊！嚴顏確實被俺親自斬殺！他前來行刺楚王，罪大惡極，被殺前，還狂笑不止，說什麼相國死了。他對楚王不利，俺只能親手宰了他，後來證實趙韙大人真的死了，俺就知道肯定是那老小子做的，還好俺已經殺了他，也算為趙韙大人報仇了。」

張松見張飛帶來的人可謂是全副武裝，而且將他們包圍了，便對張任使了個眼色，然後對張飛道：「多謝張將軍為相國大人報仇，在下感激不盡，嚴顏這種敗類，死有餘辜……」

「放下武器！」張任第一個放下武器，對部下喊道。

緊接著，所有的蜀軍將士全部將武器給收了起來。

張飛見了，點點頭道：「很好！希伯兄，你覺得這件事是怎麼樣的一個結果？」

話音剛落，從張飛背後擠過來一個穿著楚軍士兵服裝的人，那人一露臉，便讓張松、張任等人全部震驚無比，**不是嚴顏還是誰！**

「將軍……」嚴顏的部下一看到嚴顏露臉，紛紛露出喜悅之色。

「張將軍，你這是什麼意思？」張松看到嚴顏出現，士兵躁動，急忙問道。

張飛冷笑一聲，道：「憑你們這點殺人嫁禍的雕蟲小技，又怎麼能夠瞞騙得過俺老張？」

嚴顏皺著眉頭，看著張松、張任等人，問道：「你們為什麼要這樣做，相國大人是那麼好的一個人，你們為什麼要造反？」

「造反？哈哈哈哈……嚴顏，你太不識時務了吧？相國手握蜀國大權，根本不將蜀王放在眼裡，這樣的人，他該死……」

張松見事情敗露，士兵也分成了兩派，站在一旁選擇跟隨嚴顏的居多，而選擇他們的，除了張任等六個人和百餘名親隨士兵外，再也沒有其他人。

「相國大人一心為了蜀國，保護著蜀王，如果沒有他，蜀國根本不會有今天，你們竟然這樣恩將仇報，殺了相國大人，我……我……」嚴顏氣得說不出話來了。

「你說趙韙為國操勞？我看嚴將軍說錯了吧？整個蜀國，哪個不知道相國大人貪得無厭，更想將蜀王取而代之，如果蜀王不先下手為強，那麼勢必會被趙韙所取代！」張松理直氣壯地道。

「你胡說！」

嚴顏知道張松極有辯才，他說不過張松，但是他沒有想到，殺趙韙是劉璋的意思。

對他來說，趙韙一直對蜀國兢兢業業，國內的幾次叛亂都是趙韙平定的，就連他現在所統領的東州兵，也是被趙韙所征服的，可以說，如果沒有趙韙，劉璋根本不可能當上蜀王。

「希伯兄，少跟他們這些人廢話，讓俺給他們來個痛快吧，這種人，留著何用？」張飛搶話道。

嚴顏搖搖頭道：「張將軍，這是我們蜀國的事，請你不要插手！」

張飛聽後，怔了一下，但是看到嚴顏剛毅的面孔，便冷靜下來，覺得嚴顏一定能夠處理好這件事，何況站在嚴顏那邊的士兵也很多。

「那你想怎麼做？」張飛好奇地道。

「請張將軍先撤去所有部下，然後退出院子外面，這裡的事就交給我。如果他們能夠走出這個門，就說明我沒用，還請張將軍不要加以阻攔，放他們歸去，這是希伯唯一的要求。」嚴顏道。

張飛見嚴顏如此自信，便道：「全部退下，守在外面，沒有俺的命令，任何人不得進入院子一步！」

話音一落，張飛便帶著楚軍撤退，院落裡只剩下嚴顏和他身邊的五百士兵，以及包括張松、張任等人在內的一百零七人。

「別駕大人，我有一事不明，還想請教別駕大人！」嚴顏環視一圈對面的人，緩緩說道。

「有什麼話，儘管問吧。」張松道。

「我只想知道，是不是大王連我也想一起除去？」嚴顏說這句話的時候，不由自主地垂下了頭。

「沒有！殺你，是我的主意。我覺得嚴將軍是趙韙一手提拔的，又是趙韙的心腹，如果趙韙死了，嚴將軍勢必會為趙韙報仇。為了以防萬一，我只能下令殺你。」張任挺著胸膛說道。

嚴顏看著張松，道：「是真的嗎？」

張松道：「嚴將軍，這是真的，大王想除掉的只有趙韙一人而已。將軍是個重情重義的人，之所以跟趙韙走的很近，是因為感激趙韙對將軍的提拔而已。可是大王也知道將軍是個將才，所以特意讓我來爭取將軍，並沒有要殺將軍的意

思。其實，大王還是很倚重將軍的，請將軍……」

「倚重我？哈哈哈……大王之所以不殺我，是怕我萬一死了，東州兵群龍無首，暫時沒有人能夠壓得住他們，會再次興兵作亂對不對？」嚴顏對自己的作用瞭解的很透澈。

張松沒想到嚴顏會如此聰明，支支吾吾地道：「這個……」

「你不用解釋了，我心裡都明白。從今以後，我嚴顏將不再為蜀王效力，也不再是東州兵的首領了，請張大人回去以後轉告蜀王，就說嚴顏並不是背棄了蜀王，而是蜀王先背棄了嚴顏。」

「嚴將軍，你……你難道真的打算離開蜀國嗎？你一旦離開，東州兵沒有了將軍的約束，勢必會再次掀起反抗的浪潮，到時候會造成蜀國多少百姓流離失所，這個問題嚴將軍考慮過嗎？」張松竭力的制止嚴顏。

「我已經考慮得很清楚了，我離開蜀國，東州兵不會犯上作亂，這一點請別駕大人和蜀王放心。如今的東州兵，已經完全融入到蜀國之中，李嚴、費詩、費觀都可為東州兵的將軍，他們會比我更好的帶領著東州兵。另外，大人身邊的張任也是一員將才，此次回去之後，必然會受到大王重用，有張任在，蜀國不但不會亂，反而會更加的穩定。」

張松聽出了嚴顏的話外之音，道：「嚴將軍真的打算不再回去了嗎？」

「你們走吧，趁我沒有改變主意之前，外面的楚軍不會為難你們的，相國大人已死，我也離開了，相信以後的蜀國會很團結，祝你們一路順風！」嚴顏主動閃開身子，讓出了一條路。

張松、張任等人見嚴顏讓開了路，便急忙離開此地，當打開大門的時候，發現張飛帶著士兵劍拔弩張的堵在門口。

「張將軍！請遵守我們的約定，放他們走。」嚴顏見狀，來到門口，對張飛喊道。

張飛不爽地閃開身子，擺手道：「快給我滾！別讓俺老張再看到你們……」

聲音一落，張松、張任等人一溜煙的功夫便迅速跑出了襄陽城。

張飛走到嚴顏的身邊，道：「希伯兄，你明知道他們要害你，為什麼還要放他們走？」

「他們也是奉命行事，雖然對我不仁，可是我不能對他們不義。」

「希伯兄真義士也，請受俺老張一拜！」張飛彎腰作揖。

「使不得使不得，張將軍千萬不能如此……」嚴顏急忙制止了張飛的動作。

「有什麼使不得的，俺老張就是喜歡你這樣的人，**現在真相大白了，事實證**

明不是俺大哥要害你們，而是你們的大王要害你們……希伯兄，請跟俺來，俺帶你去見俺大哥，以後你就留在這裡吧，早晚咱們也可以切磋切磋武藝。」

襄陽城的楚王府裡，劉備高坐在王座上，許劭、伊籍、傅巽、糜竺、孫乾、簡雍等人分站在兩列，等候著張飛的歸來。

「軍師，此事能夠成功嗎？」劉備狐疑地問道。

許劭拱手道：「大王放心，只要讓嚴顏知道誰是真正的凶手，相信以嚴顏的性格，必然會棄蜀歸楚，也恭喜大王主得一員大將。」

「哈哈哈，軍師慧眼如炬，看出張松等人的伎倆，寡人實在佩服。」

「雕蟲小技，不足掛齒……」許劭謙虛地道。

說話間，張飛帶著嚴顏走進了大廳，一進大廳，張飛便一臉喜悅地說道：「大哥，事情已經解決了，果然如同軍師猜測的那樣，張松、張任等人就是殺害趙韙的凶手，想嫁禍給嚴將軍。」

嚴顏欠身道：「外臣嚴顏，拜見楚王殿下。」

「嚴將軍不必多禮，如今嚴將軍已經為人所拒，恐怕再難回到蜀國，不如就留在我們楚國吧，本王會重用嚴將軍的。」

嚴顏還有點猶豫，沒有立刻表態。

「希伯兄，在蜀王的眼裡，你是趙韙的心腹，就算你回去了，也肯定不會受到重用的，男兒大丈夫，就當馳騁疆場，加上張松、張任等人對你又有怨言，肯定會排擠你，你還不如留在楚國，至少俺大哥會重用你，俺老張也多了一個朋友，逍遙日子過得肯定比在蜀國的舒坦，你說呢？」

嚴顏想了一會兒，當即跪在地上，朝著劉備拜道：「楚王殿下在上，嚴顏願意歸附楚王，從此為楚王所驅策，上刀山，下火海，嚴顏都在所不惜。」

劉備聽後，哈哈大笑道：「很好，很好，嚴將軍快快請起。」

嚴顏站起身子，說道：「多謝大王。」

「啟稟大王，朝廷聖旨到。」這時候，一個親兵走了進來。

「快！迎接天使！」

「大王……來人留下聖旨後便走了，還說這是天子親筆所寫，請大王親自過目。」說著，親兵便獻上聖旨。

劉備接過聖旨，匆匆流覽一遍，合上聖旨嘆道：「天子竟然是如此心繫本王，本王豈能不儘快趕過去！」

劉備當即朗聲說道：「嚴將軍，從今天起，本王就命你為平北將軍，隨同本王一起北上司隸，解救天子。」

「諾！」

張飛不明白道：「大哥，發生什麼事了？為什麼大哥突然要發兵北上？」

「天子詔我到官渡朝見，還不到一個月，這已經是第二次召見了，第一次可以說是馬超的主意，這次卻是天子親筆所寫，字裡行間無不透著渴望，希望本王帶兵勤王，將他從馬超的魔爪中解救出來。」

張飛聽後，哈哈笑道：「太好了，俺等這一刻已經等了許久，大哥，發兵吧，俺當先鋒，不管是誰擋在俺的面前，俺都要將他們踏平，直到救到天子為止。」

劉備點點頭道：「三弟莫急，正所謂兵馬未動，糧草先行，我軍必須進行統一調度，而且離天下各王在官渡朝見天子還有二十多天，我們有足夠的時間抵達官渡。」

許劭道：「大王既然決定出兵，就請做好準備，聽聞江東的孫堅在彭蠡澤裡訓練水軍，江夏是阻擋江東的屏障，必須要進行合理的安排。」

劉備道：「江夏已經交給胡熙、田豫共同把守，這二人一文一武，兩年來從未出現過什麼差錯，而且江夏有天下最強的水軍，不用擔心什麼。軍師，這次你也一同隨行，先把糧草準備充足，本王有一種預感，**官渡將會爆發一場前所未有的大戰……**」

「諾！」

之後，劉備給在南陽的關羽發去命令，命關羽集結南陽的兵力，準備與他一起出兵官渡，將襄陽的兵力交給張飛、嚴顏分別掌管。

閃電沒能撕碎濃重的烏雲，巨雷在低低的雲層中滾過之後，滂沱大雨鋪天蓋地的壓了下來。夏天的驟雨嘩嘩地下著，漆黑陰沉的夜，看不到一點火光。

高飛騎著馬，在暴雨中奔馳，身後跟著魏延、龐德、陳到、管亥四人，看到遠處有一座破廟，歡呼道：「將軍們！看來我們今夜要在這裡過夜了！」

魏延、龐德、陳到、管亥四人異口同聲地道：「主公稍歇，待我等去一探究竟！」

高飛道：「不用了，這裡荒無人煙，想必沒有什麼人，大家直接過去就是了。」

「諾！」四個將軍一起答道。

沒多久，五人先後來到那座破廟裡。這是一座很大的龍王廟，常年失修，廟

已經坍塌了，但尚有一半可以遮風擋雨，成了路人過夜的好去處。

一進龍王廟，魏延便抱怨道：「他奶奶的，這賊老天，下午還出著太陽，一會兒功夫便烏雲密布，說翻臉就翻臉，弄得老子成了落湯雞不要緊，關鍵是讓主公全身濕透了，主公若是因此病了，我跟你沒完！」

「呵呵，文長，你這樣罵天，就不怕天打五雷轟嗎？」管亥調侃道。

「怕個逑！這外面不是在打雷嗎，怎麼沒見打在我身上？」魏延不以為然地道。

陳到相對比較沉穩，勸道：「天有不測風雲，誰也無法把握，既然已經這個樣子了，再抱怨也沒有什麼意思。文長，你還是省省力氣，找些乾柴，生個火堆給主公烤烤火吧。」

「嘩啦」一聲，龐德已經抱著一捆乾柴丟在地上，道：「我已經弄來乾柴，足夠升起一個火堆了。」

「我來生火！」魏延自告奮勇地說道。

高飛站在龍王廟口，見夜空中電閃雷鳴，不禁陷入沉思，自言自語道：「都已經找了一天了，為什麼還沒有找到？」

這時，龍王廟裡的火堆升了起來，光線照亮了半個龍王廟。

陳到走到高飛身邊，說道：「主公，進來烤烤火吧，先把身上的衣服烤乾了再說，明天天亮再找人的話，會方便許多。」

高飛點點頭，轉身走到火堆邊，脫去上衣和褲子，只穿著一個大褲衩坐在一個已經支好的木墩上烤著火。

魏延、龐德、管亥、陳到環坐在高飛四周，也脫去了衣服，五人用木棍撐起衣服，架在火堆上進行烘烤。

不知道過了多久，有人的肚子開始叫了。

高飛聽後，笑道：「讓你們受累了，回去之後，我一定會好好宴請你們一頓，以示慰問。」

「為主公效力，是我們應該做的。」陳到道。

「我們也是。」魏延、龐德、管亥也異口同聲地道。

「人是鐵，飯是鋼，一頓不吃餓得慌，特別是你們這樣的彪形大漢，更應該吃的飽一點。不過，這裡荒山野嶺的，地處偏僻，外面又下著暴雨，實在太委屈你們了。」

「主公……」

「你們不用說了，我都理解。明天再找一上午，如果還沒有找到的話，咱們

就回官渡大營。」

「諾！」

高飛不再說話了，皺起了眉頭，心中默念道：「伯符，你小子到底在什麼地方？」

忽然，外面傳來一陣馬蹄聲，高飛等人變得十分警覺，立刻撲滅火源，抽出隨身攜帶的武器。

馬蹄聲漸行漸近，最後停了下來，高飛伏在龍王廟的門邊，向外面看了過去。

黑夜被閃電撕裂，照亮了整個大地，就在那一瞬間的光明中，高飛看清了一個騎在馬背上的人，立刻收刀入鞘，臉上揚起喜悅，站了出來，衝著來到龍王廟的三人喊道：「你們這三個傢伙，讓我一陣好找，看我怎麼收拾你們！」

三匹駿馬的背上，馱著三個年輕的漢子，全身都是濕漉漉的，見到高飛後，同時跳下馬背，朝龍王廟走了過去。

為首一人，正是吳王孫堅之子孫策，在他的身邊的兩個人，一個是周泰，另外一個是魯肅。

高飛將孫策、周泰、魯肅迎入龍王廟，魏延重新生起篝火，大家便圍坐在篝火邊烘烤衣服。

「燕王殿下，伯符實在抱歉得緊，我們三個走著走著竟然迷路了，讓殿下一陣好找，實在過意不去，請殿下恕罪！」孫策歉疚地說道。

「我已經自降王爵，現在是燕侯。伯符，你一路上辛苦了，文台兄已經在信中說清楚了，這次他派你前來代表他覲見天子，如今官渡周圍雲集了數十萬大軍，各個都是虎視眈眈的，你就留在我的軍營裡，等到了覲見天子的日子，我就帶著你一起去。」

高飛雖然說是為尋找孫策出來，但是這一路上也讓他親眼目睹了官渡周圍的地形。

「那伯符就恭敬不如從命了。」

孫策說話時，環視魏延、龐德、陳到、管亥四人，道：「侯爺，這四位壯士各個儀表不俗，不知道如何稱呼？」

高飛聽後，便一一介紹道：「這四位分別是我的愛將，魏延、龐德、陳到、管亥。」

孫策、周泰、魯肅聽後，一起讚道：「原來是侯爺帳下十八驃騎，久仰大名，如雷貫耳。」

眾人各自抱拳寒暄了幾句。

幾人都有些累了，好不容易找到一個容身之所，於是紛紛躺在火堆邊睡著了。

第二天一早，外面已經風停雨住，一輪金色的太陽升了起來。

高飛帶著孫策、周泰、魯肅等人回官渡大營，一路上詢問了下歐陽茵櫻和周瑜的消息，得知歐陽茵櫻一切安好，也放下了心。

回到大營，高飛讓人妥善地安排孫策三人，又叫來這次隨他出征的軍師荀攸，以及謀士郭嘉、許攸、司馬朗等人。

荀攸、郭嘉、許攸、司馬朗走進營帳後，齊聲拜道：「拜見主公！」

「都坐下吧。」

荀攸、許攸、司馬朗三人都坐了下去，郭嘉卻仍然站在原處，一臉的為難。

「奉孝是不是有什麼話要說？」高飛見郭嘉欲言又止，便問道。

郭嘉道：「啟稟主公，屬下確實有一句話，不知道當講不當講！」

「但說無妨。」

郭嘉道：「主公，剛才屬下在營中看到三個陌生人，一問之下，才知道那少年是孫策……」

「有什麼就說什麼，說錯了我也不會責怪你的。」高飛見郭嘉唯唯諾諾的，便給了郭嘉一劑強心劑。

郭嘉有高飛這句話，便有恃無恐起來，朗聲道：「屬下以為，應該儘早趕孫策走，不應將孫策留在營中。」

「哦？那說說你的意見吧。」高飛道。

「孫策乃吳王孫堅之子，主公和孫堅雖然情同手足，但不管怎麼說，孫堅也是一方霸主，在以後的利益上，肯定會和主公有所衝突的。屬下以為，為了主公以後不為兄弟情誼所困，不如儘早斬斷情絲，逐漸和孫堅劃清界限。以屬下對孫策的觀察，**這人絕不是個省油的燈，儘早除去為宜。**」郭嘉道。

許攸聽後，也附和道：「主公，屬下也是這樣認為，成大事者，至親亦可殺，何況孫堅和主公又非血親兄弟……」

高飛豈能不知道孫策是什麼人，那可是堂堂的「小霸王」，只不過現在年紀還小，還沒有完全彰顯出勇武來。

他聽完郭嘉和許攸的建議後，便點點頭道：「你們的建議我完全接受，只是，要殺孫策的話，現在還不是時候。**就算要殺，也應該是借刀殺人，以孫策的死挑起孫堅的怒火**。以我對孫堅的瞭解，如果知道孫策被何人所殺，定然會傾全國之兵進行攻伐，所以先靜觀其變，這也是我為什麼執意將孫策接到軍營的目的。」

「主公英明！」郭嘉、許攸讚道。

高飛扭頭對荀攸道：「公達，距離覲見天子還有些日子，這些日子裡，命令各個營寨加強巡邏，曹操那廝不是個好東西，誰知道他葫蘆裡賣什麼藥。我們只有在這裡以不變應萬變，十萬大軍無論對於誰，都是一個不小的壓力。馬超也好，曹操也好，都不會貿然進攻我軍。所以，在這段時間內，你要籌集好足夠的糧草，以我的預料，**這將是一場持久戰**，你們都要做好長期作戰的準備。」

「諾！」荀攸朗聲道。

燕軍十萬，分別設立了五個營寨，每個營寨裡都屯有一萬騎兵和一萬步兵，若是從空中鳥瞰，會發現這五座不相連接的大營，竟然神奇的組成了一個更加龐大的營寨，屹立在官渡的大地上。

官渡的西北角，馬超、馬騰的西涼鐵騎已經全部到齊，十三萬大軍屯駐在那裡，大大小小的營寨絡繹不絕，連綿有差不多十里地。

官渡的正東方，魏軍的精銳盡皆雲集在那裡，曹操以八萬步騎兵立下一座大營寨，看來防守很是堅固。

燕軍在官渡的正北方，和西涼兵、魏軍形成了鮮明的對比，在官渡的大地上鼎足而立。但是，三方互不侵犯，互不干擾。

四月二十八日，在燕軍、魏軍和西涼兵三方對峙的第十八天，楚軍的到來，讓官渡達到了空前的緊張。

楚軍駐紮在官渡的正南方，六萬楚軍的進駐，打破了之前的均衡之勢，但是四方誰都沒有蠢蠢欲動。

到了五月初一，大漢的天子在馬超的挾持下，十分不情願地登上了龍輦，被人抬著出了西涼兵的營寨，一路向官渡而去，身後則跟著全副武裝的騎兵，各個都顯得很是威武。

「秦王……朕一定要去嗎？」劉辯坐在龍輦上，伸長脖子朝騎馬在他身側的馬超哀叫道。

馬超點點頭道：「陛下身為天子，天下各王前來朝見，陛下又豈能有一絲膽怯？」

「可是秦王，朕聽說燕王高飛陳兵十萬，魏國曹操陳兵八萬，而楚王劉備則屯兵六萬，萬一他們全部聯合起來，朝見朕的時候，只怕會對朕不利。我看，為了朕的安全，秦王還是不要讓朕去了，秦王完全可以代表朕……」劉辯實在不想

去，便找了個藉口。

「不行！陛下就是陛下，豈能是別人能夠代替的？」馬超態度十分堅硬地說道。

劉辯知道自己說什麼也沒有用，便不再開口了，心中卻暗暗想道：「秦王越來越跋扈了，越來越不將朕放在眼裡，難道真的如王司徒所說，秦王想取而代之嗎？」

這時，錢虎策馬從官渡那邊趕了過來，見到馬超後，立刻稟告道：「主人，燕軍、魏軍、楚軍都已經在官渡集結好了兵力，頗為虎視眈眈的。」

「知道了，再探。」

官渡的大地上，一座高高的樓臺矗立在那裡，那是天子將要接見天下諸王的地方，是馬超讓人花了十天搭建起來的。

就在這座高臺的周圍，高飛、曹操、劉備三個人分別帶著自己的親衛隊和心腹愛將，等候著天子的降臨。

大約在午後，馬超聽到斥候前來的彙報之後，便對坐在龍輦裡的劉辯喊道：「陛下，我們到了，請下龍輦！」

第五章

幽靈騎兵

馬超和幽靈騎兵衝進毫無防護的人群，馬匹帶來的衝撞力立刻撞飛不少燕軍騎兵，馬超和幽靈騎兵用手中的長槍刺殺著其餘的燕軍士兵，如同饑餓的野狼，肆意的殺戮著，一個又一個燕軍士兵喪生在幽靈騎兵的鐵蹄之下。

劉辯掀開簾子，看到前方有一處高高的樓臺，隱約能夠看見附近的兵馬，讓他感到有些害怕。

下了龍輦，劉辯騎上駿馬，和馬超並肩而行，在馬超的護衛下，來到了官渡。

「陛下駕到！」馬超先派出十多名斥候，環繞著樓臺喊道。

他這樣做，主要是為了給劉辯打氣，也彰顯自己的威風。

高飛、曹操、劉備聽聞陛下駕到，立即上前迎接。

「這下人可到齊了，一定要讓劉備和高飛打起來，最好是拼個兩敗俱傷。」馬超看到高飛三人走了上來，心中想道。

「臣等叩見陛下！」

在不足十米的範圍內，人山人海，四種不同的旗幟在風中飄揚，彰顯著它們代表的身分。

劉辯騎在馬背上，環視著跪在地上的人如對神明般對他磕頭膜拜。

「吾皇萬歲，萬歲，萬萬歲！」

聲音鋪天蓋地，如同滾雷一般向四處傳開，震驚了荒野，衝破了雲霄。

劉辯還是頭一次看到如此大的陣容，心花怒放的他不禁覺得做皇帝是多麼好的一件事，張開雙臂，享受著從未有過的朝賀。

可是，他還沒有來得及盡情地享受這種歡愉，扭頭看見馬超仍然騎在馬背上，**整個官渡，只有他和馬超是騎著馬的**，一下子讓他的心情一落千丈。

「燕王高飛何在？」

馬超拿出一道聖旨，高高地舉過頭頂，策馬來到劉辯身前，用他那虎背熊腰的身軀完全遮住了劉辯。

高飛雖然跪在地上，但是眼睛卻一直在觀察著周圍的一切，他看到對面的劉備帶著敵意的眼神，不遠處的曹操也是目光狡黠，抬起頭看了眼馬超，那如蛇蠍般的眼神更像是要殺死他一般。

他感到形勢不妙，不知道是該回答，還是不該回答。

「燕王高飛何在？」

馬超從未見過高飛，環視一圈，見曹操使了個眼色，便扭頭看了過去，見高飛正在看著自己，便調轉馬頭，怒視著高飛，喝問道：

「你為何不回答？」

「你是在和我說話嗎？」高飛指了指自己。

馬超徹底被高飛激怒了，吼道：「你竟然敢消遣本王？」

「不敢！只是，我已經不是燕王了，我早已自降王爵，是燕侯！還有，請你讓開，按照律例，臣子是不允許站在陛下前面的……」

劉備一聽這話，見馬超騎在馬背上，擋住了劉辯，暗想道：「馬超果然有以下犯上的舉動，看來迎回陛下是最迫切的事。」

劉辯身邊幾個身穿重鎧的人雖然跪在地上，但是看得出來，都是經過嚴格訓練的，定然是馬超的心腹。他不動聲色，靜靜地觀察著一切。

「大王，萬眾矚目之下，不可逾越舊制，唯恐引起嘩變。」陳群跪在馬超的右後方，小聲提醒道。

馬超見許多人都用憤怒的目光看向自己，正所謂眾怒難犯，只好收起自己的跋扈，將身子讓開一點，使眾人能夠看見劉辯，自己卻依然手握聖旨，一副高高在上的樣子，道：「燕侯高飛何在！」

「在！」高飛抱拳道。

馬超二話不說，當即打開手中的聖旨，當眾宣讀道：

「燕侯高飛，無視朝廷，擅自稱王，有違祖制，罪大惡極，當削去原爵，念其鎮守邊疆立下過不少功勳，特免一死。然死罪可恕，活罪難逃，從此打入天牢，押回京城聽候發落。」

聲音一落，馬超立刻將聖旨拋到高飛的面前，大聲道：「殿前武士何在，將逆臣高飛拿下！」

不等馬超的部下行動，高飛便從地上站了起來，跟在高飛身後的龐德、魏延、陳到、管亥也迅速反應過來，連同身後的部下統統站了起來。

「高飛，你想造反嗎？」馬超見狀，怒道。

「呵呵，此乃虛假聖旨，我又何必遵循？」高飛看了一眼馬超身後震驚的劉辯，問道：「陛下，我相信陛下是絕對不會這樣做的，對嗎？」

劉辯看了馬超一眼，不敢回答，眼神中充滿了恐懼。

「此乃陛下親筆所書，你率先稱王，擁有傳國玉璽卻不歸還陛下，這種種行徑，已經構成了滔天罪惡，簡直是罄竹難書，難道你還想抵賴嗎？」馬超指著高飛的鼻子說道。

高飛並未回答，見曹操、劉備等人都是幸災樂禍的樣子，而且曹操也沒有幫忙的意思，他嘿嘿笑了笑，對馬超道：「要想取我人頭，你還嫩了點。」

「大膽！來人啊，將反賊高飛拿下！」馬超「刷」的一聲抽出佩戴的腰刀。

張繡、索緒、王雙、錢虎四員猛將也立時抽出兵器，向高飛衝了過來。

高飛早有準備，不與之交戰，帶著將士急退。

就在這時，滾雷般的馬蹄聲突然從四面八方傳了過來，西北角，一個披著金甲金盔的漢子，揮舞著手中的馬刀，帶著清一色的西涼騎兵奔馳而來，正是涼王馬騰。

四面不斷湧現出西涼騎兵，馬騰率領部下八位將軍，以迅雷不及掩耳之勢從諸王背後殺了出來，不管是誰的部隊，只要不是西涼兵，全部都是敵人。

馬騰的出現直接影響到了官渡高臺附近的格局，所有前來參加朝見天子的人都始料未及，更沒有想到西涼兵會不宣而戰突然殺出來。

「嗚嚕嚕……」

西涼兵騎著耐力極好的西涼馬，馬背上只披著一層單薄的皮甲，馬背上的騎士手挽長弓，腰懸馬刀，拉弓搭箭，朝著所有在高臺附近的人一陣亂射，當然，馬超部下的秦軍除外。

西涼兵這邊剛一出現，那邊馬超部下披著白色披風的士兵紛紛翻身上馬，抽出手中的兵刃，立刻投入到了戰鬥中，五千騎兵瞬間分成五個不同的馬隊，每個馬隊由一名軍司馬帶領著，向不同的方向殺去。

「發信號！」

高飛在魏延、龐德、陳到、管亥四人和親隨的護衛下，見西涼兵突然出現，便立刻高聲喊道。

「諾！」

管亥聽後，從早已準備好的口袋裡，放出一隻信鴿，信鴿避過密集的箭矢，升到高空中，朝五里遠的密林飛去。

曹操見西涼兵對自己發動進攻，馬超的嘴角又浮現一絲詭異的笑容，就知道**自己是上了馬超的當了**，好在他這次帶來的全是虎豹騎，一發生變故，曹純、曹休立刻護衛曹操離開，虎豹騎開道，和從背後殺來的西涼兵混戰在一起。

與此同時，劉備在張飛、嚴顏的保護下，想方設法脫離戰場，以減少傷亡。

混戰一起，官渡周圍便陷入大亂，西涼兵圍追堵截，想把所有的敵人一網打盡，高飛、曹操、劉備帶來的精銳則是拼命地向外衝，兩撥將士便產生了微妙的變化。

馬超沒有去追高飛，反而策馬去追曹操，帶著帳下三百名幽靈軍猶如一把利劍一樣，緊追著曹操不放。

前有西涼兵，後有馬超和幽靈軍，曹操頓時感到自己陷入了危機，策馬狂奔，可是到處都是人，漫山遍野的都是西涼兵，要想衝出重圍，簡直比登天還難。

虎豹騎和西涼兵之間往來衝突了好幾次，始終沒有打開通往外界的缺口，反而死傷的人數越來越多了。

「曹休，你帶五百人從左側殺，曹純，你帶五百人從右側殺，敵軍兩翼較為薄弱，應該有衝出去的希望。」

「可是大王，我們一走，誰來保護大王？」曹純擔憂道。

「你們放心，有典韋在……」曹操話說到一半，才發現典韋不在身邊。**典韋的失蹤，成為曹操的一塊心病**，多次派人去燕軍軍營要人，燕軍給的答案是早就離開了。

「你們放心的去吧，按照我說的去做，定然能夠解除現在的危機。」

曹純、曹休見曹操一臉鎮定，便接受了曹操的意見，各自率領五百虎豹騎開始向西涼兵兩翼展開猛攻。

「曹操休走！」馬超盯上了曹操，帶著幽靈軍趕了上來。

曹操急忙調兵遣將，派人擋住馬超，自己則帶著親隨向後退去。

可是，那些人哪裡是馬超的對手，很快便被馬超和部下給收拾了。馬超再一次追趕著曹操，眼看就要追上了，哪知道半路來了一個人，攪了應有的秩序。

曹操擔心被馬超追上，說不定就會身首異處，在心裡暗暗想道：「馬兒不死，我無葬身之地！」

「錚！」兵器猛烈的撞擊聲在曹操背後響起，他回過頭，看見許褚操著一口長刀攔住了馬超的去路，與之會戰在一起。

許褚的出現，不僅讓馬超感到驚奇，更讓曹操感到十分意外，曹操清楚的記得，他到這裡時，許褚還沉浸在深深的自責之中，典韋的離奇失蹤更讓許褚閉門不出。

曹操來不及細想許褚是因何出現，也來不及細想典韋在何方，他唯一能夠想到的就是儘快殺出重圍，回到自己的軍營，積攢所有的兵力，進行布防。

也許是因為太過相信馬超了，以至於讓他根本沒有做出任何部署，只帶著曹純、曹休和一千虎豹騎便前來朝見天子，本以為馬超只會對付高飛一個人，可是西涼兵在馬騰的帶領下突然殺了出來，讓他的如意算盤徹底破滅，不禁在心裡大罵道：「最無信者，馬超也！」

曹操還發現了一個十分奇怪的情況，劉備在張飛、嚴顏等人的護衛下，已經安然無恙的離開了戰場，西涼兵竟然沒有對楚軍發動襲擊。

「究竟是怎麼回事？**為什麼馬超只對我和高飛展開攻擊？**」

曹操一頭霧水，耳邊不斷傳來的廝殺聲將他帶回了現實，他見曹純、曹休已經從西涼兵的左右兩翼殺了出去，正迂迴到中間予以夾擊，拍馬揚鞭，手持利刃，帶著部下殺了出去。

後面，馬超被許褚阻攔住，眼看曹操越走越遠，馬超怒火中燒，瞪著擋住他去路的許褚，吼道：「又是你，上次讓你僥倖跑了，這次本王要親手宰了你。」

許褚揮舞著古月刀，回頭望見曹操走遠了，冷哼一聲道：「今天我沒吃飽，改天咱們再打過。」

話音一落，許褚調轉馬頭，急速奔馳了出去。

馬超見狀，正準備追擊，卻聽見北方傳來震天的喊殺聲，遙遙望見西涼兵的後面，大批的燕軍騎兵奔馳而來，猶如滾滾海浪一般，勢不可擋。

「大王，燕軍早有準備，我軍兵力不足，只怕無法將來人完全斬殺……」陳群跟在馬超的身邊，看了看形勢，向馬超建議道。

不等陳群話音落下，燕軍便彙聚在一起，前後夾擊著一部分的西涼兵，高飛等人也殺出了重圍。

馬超看了眼混亂不堪的戰場，西涼兵雖然出其不意，卻沒有做到攻其不備，不知道是燕軍太強，還是西涼兵太弱，負責襲擊燕軍背後的兩千多騎西涼兵已經所剩無多了。

他咬了下牙關，沒有看到楚軍大軍參戰的影子，而劉備已經脫離了戰場，恨恨地說道：「該死的劉備，他的軍隊為何不參加戰鬥？」

「大王，求人不如求己，**劉備和我們並非同一戰線，他之所以答應大王前些天提出的要求，無非是權宜之計**，從今天這件事來看，是劉備擺了我軍一道，讓大王一下子把前來朝見天子的群雄都給得罪了……」陳群分析道。

「賊你娘！撤軍回營，改日再戰！」馬超悔恨不已，覺得自己被人玩弄於股掌之中，對劉備充滿了恨意。

就在三天前，劉備的使者秘密造訪秦軍大營，帶來劉備願意協助馬超剷除高飛、曹操的意思，馬超信以為真，沒有想到，他竟然是劉備手中的一枚棋子，非但徹底和高飛、曹操決裂了，更讓他一點好處都沒撈到。

「今天的事發生的太過突然，我萬萬沒有想到馬超會公然如此，難道他想以一己之力同時對付天下諸王嗎？」

離官渡不遠的一處高坡上，孫策騎在一匹駿馬的背上，眺望著遠處的官渡戰場，疑惑地道。

「少主，不知道你發現了沒有，**西涼兵並沒有對楚軍發動攻擊。**」魯肅說出自己發現的事。

「軍師是說，劉備和馬超勾結在一起了？」周泰狐疑道。

「極有可能。」魯肅道。

「如果果真是這樣的話，那麼燕軍的處境就危險了。」孫策道：「子敬、幼平，這裡已經沒有我們立足的地方了，我們趁亂回江東吧。」

周泰抱拳道：「諾！」

魯肅遲疑道：「少主，真的不打算與燕侯告別了嗎？」

「子敬，你是個聰明人，我們自從在燕軍大營的這些天內，無時無刻不被人監視著，今天好不容易是趁著典韋鬧事才溜出來的，如果再回去的話，我怕我們永遠都不可能再離開燕軍大營了。**父王把高飛當兄弟，可我只把高飛當作對手**，當年討伐董卓時，我就曾經向他挑戰，從那時候起，他就是我心中的對手。何況，他是一方霸主，我不知道父王為何對高飛如此信任，但是**這個人不得不防，以後他也許會成為我們整個吳國的敵人。**」

「少主，我想我明白少主的意思了，趁著官渡這裡大亂，而且劉備也在這裡，我們應該儘快趕回來，或許在荊州會有一番作為。」魯肅一語道破孫策心中所想。

孫策笑而不答，調轉馬頭，看了眼周泰、魯肅，道：「中原混戰之際，正是我吳國崛起之時，我們回江東！」

「諾！」

燕軍大營裡，一百名全身裹覆著鋼鐵的士兵將典韋給圍在了坎心，真正的形成了銅牆鐵壁。

典韋赤手空拳地站在坎心，大口大口的喘著氣，一雙虎目怒視著包圍著他的一百名重步兵，恨得咬牙切齒。

文醜全身披掛，站在重步兵外面，看著裡面的典韋因為體力透支而大口的喘氣，便朗聲道：「典將軍，文某勸你還是省省力氣吧，你是絕對不可能從這裡走脫的，這一百名士兵，就是為了困住你而專門訓練的。」

典韋自從進了燕軍大營後，就再也沒有出去過，每天都會有不少於一百名的士兵將他單獨「保護」起來。起初他以為是自己受傷的緣故，可是現在他的傷勢已經完全癒合了，連出去走走都不行，這才明白他是被高飛給囚禁起來了。

三天前，他試圖掙脫這個關押他的無形囚牢，然而失去了雙鐵戟的他，攻擊力大大的減少了不少，只憑藉著一股蠻力根本無法衝破這裡。

高飛生怕典韋會逃脫出去，便命人趁著典韋力竭之際搭建了一座牢籠，將典韋完全的困在鐵籠子裡。

今天，典韋蓄積了全身的力氣，掰彎鐵籠子，從裡面走脫了出來，立刻引來文醜帶來的重步兵包圍，任典韋怎麼撲騰都逃脫不了。

「我要見燕王！」

典韋累得滿頭大汗，他血肉鑄就的身軀，根本無法衝破這一百名全副武裝的精銳士卒的包圍，剛打倒一個，另外一個又湧了上來。

「典將軍，省省力氣吧，我家主公是不會見你的。不過，你放心，我家主公說了，他見你的時候，就是放了你的時候，請你再忍耐一段時間。」文醜衝著被困在坎心的典韋喊道。

典韋環視一圈，不再吭聲，等他緩過來勁，便猛地發力，向前快速的奔跑，在即將接近前排的一個士兵時，突然縱身而起，騰身到高空中，身體在空中翻了幾個滾，剛一落地，一百名士兵立刻從四面八方湧了過來，並不展開攻擊，只是單純的困住他。

「你們……你們究竟想讓我怎麼樣？」

典韋徹底無語。他快要被逼瘋了，一屁股坐在地上，大口的喘著氣，過了一會兒，對文醜說道：「我餓了……」

文醜聽後，哈哈笑道：「典將軍，這樣才乖嘛，這座營寨是專門給你立下的，營裡有五百名這樣全副武裝的士兵，每天輪換著看著你，你就放棄逃跑的打算吧，只要時間一到，我家主公會主動放了你的。」

典韋冷笑一聲，在他看來，只有吃飽了飯，才有力氣試其他的方法。

「給典將軍做飯！」文醜話音一落，便離開了這裡。

文醜回到中軍，正好遇到高飛帶著士兵回來，見高飛灰頭土臉的，其餘的士兵身上都染滿了鮮血，急忙上前問道：「主公，發生什麼事了？」

高飛從馬背上跳了下來，扯下身上披著的披風，丟給文醜，一聲不吭地朝營中走了進去。

文醜還是頭一次見到高飛如此，趕忙問向跟高飛一起回來的魏延、龐德、陳到、管亥四將，道：「四位將軍，主公這是怎麼了？」

魏延、龐德、管亥只一個勁的搖頭，什麼話都沒說，帶著各自的部下回營。

與文醜較近的陳到則向文醜道：「文將軍，主公有令，召集五營所有將校，到中軍大帳內議事，還請文將軍代為轉達其他四營。」

燕軍自從渡過黃河以來，十萬兵馬一直分成五營，每營步騎兵各一萬，分別

交由五虎大將統領。今天去朝見天子，高飛只動用了中軍大營的三千騎兵，其他四營兵馬則留在駐地緊守營寨。

在去覲見天子的路上，高飛為了以防萬一，將其中兩千騎兵留在密林裡，自己只帶著魏延、龐德、陳到、管亥四將和一千騎兵前去，若非他早做準備，恐怕今天就回不來了。

文醜聽到陳到的話後，感到事態的嚴重性，二話不說，即刻命人去傳令，同時命人將中軍大帳四周布置一番。

半個時辰後，中軍大營裡雲集了燕軍校尉以上的官員多達百餘人，大家整齊地站在中軍大帳前的空地上。

高飛端坐在臨時搭建的點將臺上，趙雲、黃忠、太史慈、甘寧、文醜五虎大將坐在下首第一列，張遼、張郃、魏延、龐德、陳到、文聘、褚燕、盧横、烏力登、蹋頓則坐在第二列，其餘各個將軍的部曲以及各軍校尉盡皆站立在這十五人的後面，荀攸、郭嘉、許攸、司馬朗侍立在高飛的身後，步騎兵依次排開，陣容空前的強大。

高飛環視一圈後，當即朗聲道：

「如今馬騰、馬超父子欺負當今天子年幼無知，玩弄大漢權柄，欲謀朝篡位，作為大漢的子民，看著天子蒙塵，我們不能不管。是以，我決定發布檄文，號召天下群雄共同討伐國賊，迎回天子，以還我大漢朝綱。」

「威武！威武！威武！」臺下所有的士兵都，高舉著手中的兵器，歡呼起來。

「陳孔璋何在？」高飛喊道。

陳琳聽到高飛叫他，急忙地從點將臺後面跑了出來，欠身拜道：「主公有何吩咐？」

「即刻草擬一道檄文，號召天下群雄共同討伐馬騰父子，誓要奪回天子，以正朝綱！」

「諾！」

聲音一落，高飛的親兵將早已準備好的筆墨拿了上來，陳琳奮筆疾書，洋洋灑灑的寫了兩千多言，當眾宣讀道：

「涼王馬騰、秦王馬超，其父子二人狼狽為奸，蠱惑天子，任意殺害朝中大臣……」

高飛聽著檄文，心血澎湃，雙拳緊握，恨不得立刻揮拳將馬騰、馬超活活打死。

他注意到，臺下所有將士的臉上都是一副義憤填膺的樣子，沒等陳琳宣讀完畢，便高聲喊道：「共除國賊，還我朝綱……」

他不得不佩服陳琳的文筆，簡簡單單一兩千字，就起到了蠱惑人心的作用，遠遠比他用嘴巴去說要好得多。同時，他也很佩服陳琳才思敏捷，在這麼短的時間內就寫出討伐馬騰、馬超的檄文，比兩年前馬騰讓人寫的討伐他的檄文要更加的言辭犀利。

「共除國賊，還我朝綱……」陳琳還在宣讀著。

高飛走到陳琳的身邊，下令道：「別念了，已經得到效果了。」

高飛抬起雙臂，示意所有的將士安靜，等到眾人鴉雀無聲的時候，他才喊道：「黃忠、陳到、褚燕！」

「末將在！」黃忠、陳到、褚燕三人同時答道。

「命你三人帶領左營兩萬步騎向西挺進，直逼虎牢關，一路上偃旗息鼓，秘密前行，抵達虎牢關外後，就給我飛鴿傳書，等待我的命令。黃忠為主將，陳到、褚燕為副將。」

黃忠、陳到、褚燕三個人同時答道：「諾！」

「甘寧、文聘、盧橫，命你們三人帶領先鋒營兩萬步騎兵向前挺進，夜間出發，離西涼兵大營三十里下寨，多置拒馬、多挖陷馬坑，並多準備弓弩，務必在一夜之間立下一座堅營！」

「諾！」

「太史慈、烏力登、蹋頓，汝等帶領右營兩萬步騎向東挺進三十里，構築高牆，阻斷魏軍西進的道路，你們也就地駐紮，若是遇到魏軍，不要有任何顧忌，一概射殺，不准放過一個。」

「諾！」

「趙雲、張遼、張郃。你等三人帶領後營兩萬步騎，今夜隨同甘寧、文聘、盧橫一起行動，掩護他們建立營寨，若遇到敵人，便夥同先鋒營一起夾擊。」

「諾！」

「文醜、魏延、管亥，你等三人帶領部下，隨我一起守護中軍大營。」

「諾！」

「報——」

一名斥候拉長聲音，快馬加鞭的奔馳而來，斥候的身後插著一面小紅旗，所過之處無人敢攔，不論是誰，盡皆讓開一條通道，讓斥候直達中軍大帳外面的空地上。

高飛站在點將臺上看得真切，見一面小紅旗飄動，所過之處皆揚起一道煙塵，便急忙下了點將臺，同時大聲喊道：「都閃開！」

一聲令下，在場的將校趕忙讓開一條路，只見那名斥候快速的馳到高飛的面前，勒住馬匹，整個人險些從馬背上跌落下來，等馬匹站穩後，那斥候單膝跪在地上，氣喘吁吁地道：

「啟稟主公，西涼兵驟至，正在和先鋒營交戰，我軍猝不及防，登時損失一千多士兵，破賊校尉蘇飛正率眾拼死抵抗……」

「主公快看，先鋒營冒起了濃煙！」文醜指著前營方向大聲喊道。

「報——」

又是一個背後插著紅旗的加急斥候騎著馬，快速奔馳到高飛面前，還來不及下馬，便大聲叫道：

「左營遭到西涼兵突然襲擊……」

「報——」

這邊眾人還沒有反應過來，又是一名加急斥候奔馳而來，喊道：「啟稟主公，右營突然遭到大批西涼兵的襲擊……」

與此同時，左營、右營的上空同時冒起滾滾的濃煙，緊接著又陸續奔來三名斥候，分別報告了前營、左營、右營三處失火的消息。

一連串的壞消息傳來，讓在場的每一個人都有點猝不及防，好在這些人都是平時訓練有素的精銳將士，只稍微吃了一驚，便立刻恢復常態，請命道：「主公！我等願意和西涼兵決一死戰！」

高飛皺著眉頭，萬萬沒有料到西涼兵會來得這麼快。

「主公，西涼兵突然襲擊我軍三處大營，看來是早有預謀，如今我軍已經處在被動地位，西涼兵的戰鬥力一點也不亞於我軍，在此被動情況下硬拼的話，只會加重傷亡，不如暫且退兵二十里，整頓一番後，再行和西涼兵戰鬥。」荀攸來到高飛身邊，進言道。

高飛當機立斷，朗聲道：「傳令下去，全軍退後三十里，趙雲、張遼、張郃，率領後營步騎兩萬掩護大軍撤退。文醜、魏延、管亥，各自率領中軍一千騎兵前去救援前營、左營、右營！」

「諾！」

命令一下達，那邊文醜、魏延、管亥便各自去點齊了一千名輕騎兵分別奔往前營、左營、右營，其餘各個將校則一哄而散，隨同各自奔赴原有營寨，指揮自己的部下進行撤退。

高飛則在眾星捧月中，帶領中軍士兵向後撤離，趙雲、張遼、張郃則回到後營進行布防。

此時，燕軍的先鋒營裡，馬超帶著三千蒙著面紗、身披鐵甲的幽靈騎兵，正恣意的在營寨裡左衝右突，燕軍宣義校尉蘇飛指揮著士兵進行抵禦，先鋒營的左右兩邊都已經著了火。

蘇飛領著五百盾牌兵，將盾牌全部立在前面，組成一堵堅實的牆壁，中間留有僅僅能夠讓兩個人並排行走的縫隙，以便寨前退下來的士兵行動，背後是一千名不斷進行射擊的弓箭手。

「殺──都給我殺光殺淨，一個不留！」

馬超手持一桿通體血金色的長槍，長槍的槍頭分三支，如燃燒的火焰，所到之處，槍色與敵人的血色融為一體，殺得興起的他，眼裡充滿了怒火，咧開的嘴裡還掛著幾滴鮮血，正不斷的對部下嘶吼著。

蘇飛看到馬超那勇猛的樣子，吞了口口水，定了定神，喊道：「凡擅自退後者，格殺勿論！」

等燕軍最後一個從寨前退下來的人經過蘇飛所布置的臨時方陣時，整個方陣便組成了一道鋼鐵的牆壁，依靠著轅門，堵在那裡。

轅門附近的木柵欄放置著不少拒馬、鹿角，以防止西涼兵的進攻，連弩手藏在木柵欄的後面，對前面的西涼兵不斷的進行射擊，而弓箭手則在盾牌兵的後面，開弓仰射，朝著密集的人群裡放箭。

馬超所帶領的都是自己親自訓練的精銳之兵，因為經常來無影、去無蹤，加上白色披風、面紗的裝扮，在黑夜裡有點像幽靈，故被人稱作**幽靈軍**。

幽靈軍並不多，只有三萬人，可每個人士兵都像真正的幽靈一樣，打仗時總是爭先恐後的衝在最前面，對於馬超的話也惟命是從。

馬超那邊剛下達完命令，衝進營寨的幽靈騎兵並沒有一擁而上，而是審時度勢的聚集在離轅門還有一段距離的空地上，遠遠地站在弓弩手的射程之外。

幽靈騎兵整齊的排列成好幾排，馬超全身通紅，站在隊伍的最前面，看到轅門裡面聚集著差不多兩千人，冷笑一聲道：「不自量力！」

話音一落，他一馬當先，身先士卒的衝了過去，身後的幽靈騎兵紛紛握住手中的長槍，跟著馬超衝了過去。

「注意！敵人來了，放箭！」蘇飛見大批的騎兵在馬超的帶領下衝了過來，立刻叫道。

「嗖嗖嗖……」

弩箭平行地朝前面射擊，專射戰馬，弓箭手的箭矢則越過頭頂，一陣亂射，在接近一千人的弓弩手的配合下，衝在最前面的幽靈騎兵立刻有一兩百個連人帶馬的死在亂箭之下，饒是如此，仍未擋住幽靈騎兵的去路。

一通箭矢的時間，除了手持連弩的弩手能夠快速的進行射擊之外，弓箭手基本上已經失去了作用，紛紛放棄手中的弓箭，拿起連發的弩機，朝著幽靈騎兵進行射擊。

連弩雖然射程短，但是頗具威力，小小的弩機噴發出如蝗的弩箭，射倒了二百多幽靈騎兵的座下戰馬，讓二百多幽靈騎兵紛紛從馬背上跌落下來。但是，這些騎兵一點都沒有感到畏懼，反而肆無忌憚的向前衝。

馬超打頭，先用他手中的地火玄盧槍撥開箭矢，然後從馬背上拴著的背囊裡取出一支約半米長的梭槍，迅速地投擲了出去。

「噗！」

一聲悶響，那支梭槍直接刺入蘇飛身旁一個士兵的喉頭，那士兵連叫都沒有來得及叫一聲，脖頸上便插著一根硬物，直接倒地身亡。

「堵住缺口！」

蘇飛一陣錯愕，他根本沒有看見那梭槍是怎麼投擲過來的，鮮血濺了他一臉，使得他心裡更加畏懼了。

缺口被堵住了，連弩手弩機裡的箭矢已經全部射完，燕軍士兵正在拿出新的箭匣裝填的時候，令人意想不到的一幕出現了。

幽靈騎兵快速的逼近中，跟著馬超奔馳到距離轅門大概八米的位置，所有的騎兵紛紛將手中的長槍高高的舉過頭頂，用力的投了出去。

蘇飛和所有的人都驚呆了，看著空中飛舞過來的長槍，還來不及躲避，槍尖便迅疾地插進了身體。

「哇！」蘇飛一聲慘叫，口吐鮮血，前胸插著三根長槍，三根長槍無不透胸而過，與其他擋在最前面的盾牌兵一起朝後倒了下去。

「殺！」馬超和幽靈騎兵在投擲長槍的時候，並未停留，當長槍刺入燕軍士兵的身體時，騎兵的馬蹄也跟著踏了進來，盾牌兵所組成的防線頓時消失得無影無蹤，幽靈騎兵驅馬踏著燕軍士兵的屍體，彎身拔出插進燕軍士兵體內的長槍，繼續向前衝。

「轟！」馬超和幽靈騎兵衝進毫無防護的人群，馬匹帶來的衝撞力立刻撞飛不少燕軍騎兵，馬超和幽靈騎兵一起用手中的長槍刺殺著其餘的燕軍士兵，

如同入了羊群的饑餓的野狼，肆意的殺戮著，一個又一個燕軍士兵喪生在幽靈騎兵的鐵蹄之下。

文醜、甘寧策馬從中軍帶著一千騎兵趕到先鋒營時，偌大的營寨已經被西涼兵占領了一半，兩側的大火不斷向中間延燒，騎兵驅策著戰馬帶著衣袋糧食向後轉移，避免糧食被大火焚毀，或者被西涼兵搶奪的損失。

「甘將軍！文將軍！」王威駕馭著戰馬，前面放著一袋糧食，迎上了甘寧和文醜。

甘寧看到王威的臉上被濃煙熏黑了，而騎兵和不少步兵都在搶運糧食，便問道：「蘇飛呢？」

作為甘寧的部將，王威還是稱職的，至少有一些將才，當西涼兵突然襲擊營寨，並且縱火的時候，王威第一個想到的就是糧食，他統領所有的騎兵搶救糧倉，將一袋又一袋的糧食運了出來。

蘇飛為了掩護王威，帶領四千步兵抵擋西涼兵，並且審時度勢的讓其餘六千步兵跟隨王威一起搶奪糧食向後撤退，這才讓王威能夠在無人騷擾的情況下，安全地將糧食運出即將被大火蔓延的糧倉。

王威回頭看了眼營寨，滾滾的濃煙遮蓋住一切，已經看不見任何物事了，不禁搖搖頭道：「甘將軍，蘇飛率眾抵禦馬超，尚在營寨中，此時生死不知……」

甘寧和蘇飛是好友，聽到這句話，臉上一寒，忙道：「王威，你火速帶領士兵向後撤退，後面自有人接應，我去找蘇飛。」

「等等……」

文醜一把拉住甘寧的手臂，道：「好像有人出來了！」

甘寧聞言，急忙朝營寨望去，但見滾滾的煙霧中出現的不是蘇飛和燕軍士兵，而是一個個嗜殺的幽靈騎兵，他們渾身被鮮血染透，像是剛剛從血沼裡浸泡過一樣，而為首的一個，正是秦王馬超。

「馬超來了，甘將軍、王校尉，速速帶領先鋒營的兵馬撤退！」

憑藉多年的沙場經驗，文醜可以肯定蘇飛是陣亡了，他沒有時間感傷，趕緊指揮道。

「可是蘇飛……」

甘寧也感覺到不妙，正說時，突然戛然而止，瞳孔放大，整個人呆在了那裡。

王威見甘寧如此模樣，急忙看了過去，但見馬超騎著的戰馬脖頸上掛著一顆

人頭，正是蘇飛的。

「王校尉，請速速護送你家將軍離開這裡，追兵我自擋之！」文醜低聲吼道。

「諾！」

王威策馬到甘寧面前，急喊道：「將軍，請速速離開……」

「我要殺了他……我要殺了他……我要殺了馬超，為蘇飛報仇！」

甘寧徹底的憤怒了，從背後抽出烏金大環刀，便欲策馬而出。

「砰！」這時，文醜一掌把甘寧劈暈了過去，臉上也現出久違的殺意，對王威道：「帶他走！」

「諾！」

王威長臂一伸，將甘寧攔腰抱了過來，橫放在自己的馬背上，駕的一聲大喝，便離開了這裡，帶著剛剛從營寨中搶救糧食出來的百餘騎兵向後撤退。

先鋒營已經完全淪陷了，熊熊的大火吐著無情的火舌，吞沒了偌大的營寨，在烈火和濃煙中，馬超帶著三千多幽靈騎兵奔出營寨，赫然看到了擋在前面嚴陣以待的文醜等人。

文醜帶著一千名輕騎排開陣勢，擋住了馬超前進的路。

馬超勒住馬匹，與文醜遙遙相望，只見文醜面色沉凝，毫無懼色，不似剛才在軍營裡殺的蘇飛，人未至，膽先怯。

「前面領兵的是何人？」馬超不認識文醜，扭頭對身邊的人問道。

「燕國五虎大將之一的文醜！」張繡把守函谷關時，曾經多次見過文醜威風凜凜的樣子，回話道。

「文醜？就是那個先跟袁紹，又投呂布，與顏良齊名的河北名將嗎？」馬超語氣多了一絲敬重。

「正是此人。」

「之前遇到五虎大將之首的趙雲，只可惜沒有一較高下，這回遇到文醜，定要與之一較高下。」

馬超的老毛病又犯了，遇到傳聞中的高手，總是想加以挑戰。當他將對方擊敗時，他的心裡便會獲得極大的快慰，讓他覺得有一種充實感。說白了，他就是一個好勇鬥狠的人，誰也不服氣。

「大王，這次是突襲，力求速戰速決，涼王殿下還在大營等候大王的好消息。如果大王以三萬人擊退燕軍十萬大軍的消息傳出去，遠比擊敗一個文醜要更加受到天下的敬仰。請大王三思！」

錢虎跟在馬超的身邊很久了，知道馬超的個性和脾氣，如果馬超單打獨鬥的老毛病犯了，估計會錯過追殺高飛的機會。

馬超聽後，望了眼錢虎，道：「這話，是軍師讓你說的吧？」

錢虎倒是不否認，承認道：「軍師擔心大王，特地讓末將在大王身邊加以提醒，冒犯之處，還請大王息怒。」

「派兩個人去告訴索緒、王雙，讓他們速戰速決，左右夾擊，和我一起向中間靠攏，追殺高飛！」馬超面色變得猙獰起來，下著命令道。

錢虎聽了，知道馬超已經沒有單挑文醜的意思，便叫來兩個親隨，吩咐其去傳達命令。

張繡觀察了一下文醜的人數以及周邊的地形，對馬超道：「大王，我的叔父就是文醜殺死的，我想替我叔父報仇雪恨，還請大王恩准。」

「不准！」馬超嚴厲的道：「你和錢虎各帶一千騎兵迂迴到文醜的側後方，配合我一起發動攻擊，此次不僅要追殺高飛，同時要打擊燕國名聲在外的五虎將，讓天下的人都知道，唯有我馬超，才是最強的。」

張繡不敢違抗，心裡雖然有許多不願意，也不得不答應下來。

馬超策馬向前走了兩步，將長槍向前一招，問道：「你就是文醜？」

「你就是馬超？」文醜反問道。

馬超笑道：「有意思，居然敢學本王說話。不過，本王今天心情好，就不與你計較了。你最初是袁紹的手下，袁紹敗亡了，你又跟著呂布，呂布敗亡了，你才跟了高飛。如今，我天兵驟至，高飛自身難保，眼看著就要敗亡了，不如你以後就跟著我吧，本王保證讓你吃香喝辣，比你在燕國過的還要好上十倍、百倍。」

第六章

秘密武器

高飛道：「這次典韋的事，絕對不能有半點閃失。曹操根本不和我們一心，典韋是曹操的心腹愛將，如果典韋死在馬超的手上，曹操必然會向馬超復仇。典韋現在不會對我們造成任何威脅，反而是我們最大的一個秘密武器。」

馬超的話很有誘惑力，如果是以前，他很可能會為自己以後的出路打算，自從再次投降高飛之後，他在燕國雖然名列五虎將之一，但實際上並沒有受到太多人的擁戴，畢竟他殺了不少燕軍士兵，這一點是他抹滅不了的。

高飛為了平息不滿的聲浪，迫不得已將文醜調到塞外，負責建造新城。兩年內，從未讓文醜回過薊城。文醜在塞外雖然過得清苦，並沒有享到什麼福，但是他的女兒卻成為娘子軍的一員主力大將，讓他很感欣慰。

他活著，是為了他的女兒，同時也能感受到高飛身上的壓力，所以他對高飛沒有什麼怨言，有的只是感激，畢竟作為一個降將，還能將他位列五虎之一，甚至超過其他跟隨高飛很久的人，已經是給他最大的殊榮了。

馬超見文醜一副若有所思的樣子，開口問道：「怎麼樣，考慮的如何？你要是來了本王這裡，本王保舉你做鎮北將軍。」

「我勸你還是少廢話了，我是不可能投降的，我來是阻止你的，有什麼本事儘管使出來吧。」文醜冷哼一聲，抖擻了一下精神，做出他最終的決定。

馬超本來一臉的喜悅，在他看來，如果文醜不為所動，根本不會考慮那麼長時間，可是他不知道，他的話只是勾起了文醜的回憶，並且更加堅定自己的信念而已。

他收起假意的笑容，露出了猙獰的面孔，滿臉是血的他，已經等不及要親手殺了面前這個曾經聞名天下的河北名將，低吼道：「就憑你？能阻止得了我嗎？」

「未曾交手，一切都是未知之數，儘管放馬過來吧！只要有我文醜在這裡，你就休想過去！」文醜義正嚴詞地道。

「哈哈哈……既然如此，那麼本王就只有從你的屍體上踏過去了，讓你知道，本王是天下無敵的！」

話音一落，馬超緊握手中的地火玄盧槍突然策馬而出，身後的幽靈騎兵也像馬超身體的一部分似的，緊跟著奔馳了出去。

然而，剛奔馳不到三米，張繡、錢虎便各自領著一千騎兵向左右迂迴了過去，三股兵力如同一把三叉的尖刀一樣，直撲文醜所帶領的一千騎兵。

文醜握緊手中的長槍，這兩年雖然不打仗，他的武藝卻一點都沒落下，時不時會和部下切磋切磋武藝，同時指導部下的將校騎術和武藝，在指導他人的不足之中，自己也獲得了一定的經驗，可以說，他現在的武藝較之兩年前要更加的嫺熟。

他看到幽靈騎兵瞬間分成三隊，以為馬超是想自己帶著一部分兵力和他決

鬥，而分出另外兩撥騎兵從旁邊越過去，心中暗叫不好，當即也將騎兵一分為三，分別交給自己部下的兩個武藝不錯的軍司馬統領，前去攔住張繡和錢虎帶領的騎兵。

馬超正帶著部下向前衝刺，看到文醜突然將部隊一分為三，心裡立刻湧現出無限的喜悅，暗暗想道：「文醜也不過如此嘛！」

這世界上有三種人，一種是懂得許多兵法，打仗前總是會先設想一下排兵布陣的利弊，然後在思考成熟後，選擇能將傷亡減少到最小的一個方法去做，這種人叫做**會兵法**的。

第二種人是本身並不懂得什麼兵法，但是移到打仗的時候，就特別的敢衝敢打，並且以戰場上的形勢做出自己的判斷，而往往他做出的判斷卻都是正確的，經常出其不意的擊敗對手，這種人叫做**會打仗**的。

第三種人，則是**既會兵法**，**又會打仗**的。

之所以舉出這三種人，是因為馬超、文醜都是屬於其中的一種人，而且他們也有共同的相似點，那就是**不懂什麼兵法**，**但是卻很會打仗**。

文醜久經戰陣，見多識廣，閱歷豐富，是以在打仗的時候往往能夠做出正確的判斷；馬超年紀雖然小，但是經常參加對羌人作戰，平定關中、涼州的大小叛亂，常常以少勝多，在瞬息萬變的戰場上，他的判斷都是正確的。

如今，這一大一小兩位將軍相會在同一個戰場上，對於戰場上的判斷，卻完全不同。然而，**錯誤的判斷，會讓將人帶入無邊的深淵中。**

文醜將部隊一分為三，自己領著四百騎兵去迎擊馬超，剛衝到和馬超不到十米遠的地方，他意外地發現馬超拿出一根梭槍，奇怪的是，馬超身後的所有騎兵都將長槍舉起，做出了投擲的狀態。

敏銳的他，立刻發現了馬超軍團的不同之處，心中暗叫不好的同時，急忙張嘴叫道：「快散開！快散開！」

聲音剛喊出去，空氣中傳來許多破空的響聲，他用眼角的餘光看到許多桿尖槍向自己刺了過來。倒吸一口氣，急忙揮動手中的長槍，借助精湛的槍法將刺來的長槍盡皆撥落，躲過了一劫。

可是，其餘的人就沒有那麼幸運了，猝不及防地被一根根長槍刺穿了身體，巨大的慣力將馬背上的騎兵給擊落下去，再被後面奔跑過來的騎兵踐踏得血肉模糊。

只這麼一個交鋒，文醜帶領的四百騎兵已經死去了一半，而那兩撥去迎戰張繡和錢虎的騎兵也都遇到同樣的情況，但是傷亡比起文醜這邊更為嚴重，幾乎全部陣亡。

文醜來不及去多想其他的，他感受到一股猛烈的力道向他逼來，剛一回頭，便看到馬超已經衝到了跟前，正挺起手中的地火玄盧槍向自己連續刺殺，那血金色的槍尖不停地閃動，槍的影子在文醜的面前虛無縹緲，實實虛虛，虛虛實實，讓人看不清真正的槍尖在哪裡。

但是，文醜並非浪得虛名，他也是用槍的高手，緊皺著眉頭，凝聚著所有的眼力，盯著馬超的槍尖。

那一刻，似乎對方的動作被放慢了，他看到了馬超槍尖上下浮動的過程，也看到馬超槍尖所攻擊的要害之處，當即舉起了長槍，用力撥開馬超的第一招攻擊。

「錚！」一聲巨響，文醜只覺得雙手虎口發麻，同時槍桿在不停地顫抖，伴隨著那聲巨響，槍桿碰撞金屬時還發出了一陣「嗡嗡」的嗡鳴聲。

兩匹戰馬一閃而過，文醜沒有絲毫懈怠，再迎面過來的敵人全部被他一槍斃命，出槍的手法也很迅速。

馬超殺死了一兩個騎兵後，便看不到什麼敵人了，回過頭看了眼文醜，見到文醜出招的方式後，不禁嘆道：「快！準！狠！文醜的槍法堪稱上乘，難怪剛才看破了我的殺招。」

一個對衝過後，文醜帶領的二百騎兵已經所剩無多，只有寥寥的三十多騎，其餘的全部在衝擊中被殺死，即使幽靈騎兵沒有了長槍，腰中懸著的馬刀反成了他們最強大的武器，在近戰時，發揮到了極大的作用。

此時，地上一片死屍，文醜掉轉馬頭，環視身後，心中不勝悲涼，沒想到他的錯誤判斷，竟然帶來那麼嚴重的後果。

「文醜，**本王之所以將部隊一分為三，就是為了製造假象**，讓你以為本王是想分兵越過你去追擊高飛，沒想到你這麼容易上當。當然，最主要的原因是你的部下太遜了，根本不堪一擊。」

馬超將地火玄盧槍一招，張繡、錢虎立刻帶兵包圍了文醜，他則在一邊得意洋洋地說道。

文醜承認自己的判斷錯誤，但是最主要的不是這個，而是因為他從未和馬超親自率領的精銳交過手，對於幽靈騎兵的作戰方法一點都不瞭解，不知道馬超軍團有投擲長槍、長標、梭槍、梭標的習慣，不然的話，他就會以弓騎來對付馬超，拉長戰線打。

可惜，如今一切都晚了，一千輕騎兵就這樣喪失殆盡。

「文醜，本王再問你最後一次，你到底願不願意投降本王？」馬超對文醜的武藝頗為看重，覺得殺了他怪可惜的，想將其招攬過來，為自己所用。

文醜見敵人雖然也有損傷，卻沒有己方傷亡大，抬頭仰望著蒼天，見天空已被滾滾的濃煙熏黑，彷彿被烏雲蓋住一樣，竟然是那樣的陰霾。

突然，一滴水滴滴到了他的臉上，然後越滴越多，他低下頭，道：

「作為一個武將，以戰死沙場為榮，同時，戰死沙場也是一個武將的宿命。兩年前，我的宿命就應該終結，可是當時我動搖了，殘喘苟活了兩年，讓我看到了自己的女兒能夠出人頭地，我已經很滿足了。只可惜，上天沒有給我多一點的時間看到我的女兒成婚生子……」

說到這裡，文醜的眼角濕潤，熱淚流了出來，混著不斷落下的雨滴，已經看不清是雨滴還是淚珠了。

「我文醜此生能跟隨燕侯，並且成為燕國的五虎大將之一，而且看到女兒逐漸的成長起來，此生無憾。」

話音一落，文醜突然發難，提槍縱馬，朝馬超衝了過去。

馬超皺了下眉頭，淡淡說道：「給文將軍送行！」

「嗖！嗖！嗖！嗖……」

數百根長槍從四面八方投擲過去，被圍在坎心的燕軍士兵連人帶馬全部被殺死，唯獨文醜並無大礙，還舉著長槍，向著馬超所在的地方衝了過去。

「燕軍威武！主公威武！」

文醜高聲叫著這兩句話，可是還沒有等他衝到馬超跟前，一百多根長槍一根接一根的向他飛了過來，密集如雨，連續三波，讓人防不勝防。

文醜不斷地撥開長槍，不幸座下馬中了一槍，轟然倒地，將他從馬背上掀翻下來，一經落地，如林的長槍便將他牢牢地釘在地上，立即一命嗚呼了。

濃煙滾滾，烈火肆虐，燕軍的前軍大營已經全部被大火吞噬，與此同時，左、右兩個方向的上空也有滾滾的黑煙升空。

馬超扭頭看了眼被亂槍刺死的文醜，目光中露出惋惜之色，緩緩說道：「將文醜入殮，厚葬，此等壯烈之士，不應該留在這裡。」

「諾！」

馬超帶著張繡、錢虎以及三千多幽靈騎兵快速向中軍方向奔馳，準備和索緒、王雙合擊燕軍的中軍大營。

燕軍的中軍大營裡，早已空空蕩蕩，該拿走的東西，全部被拿走了，一點都

沒有留下。

魏延帶著三百多輕騎兵迅速地馳進中軍大營，對於剛才的那場戰鬥，他還心有餘悸。

他是頭一次見到幽靈軍這種投擲兵器的打法，讓他措手不及，若不是他反應迅速，帶著剩餘的騎兵在濃煙的掩護下逃脫，只怕此時已經死在亂槍之下。

這邊魏延剛進中軍大營，那邊便疾速馳來零星的幾匹快馬，為首一人正是管亥。他面帶沮喪，提著一口大刀，頭上的頭盔也不知道掉落在何處，全身被濃煙熏得不成樣子，看上去很是狼狽。

兩邊一經會合，魏延問道：「管將軍，其他人是不是已經……」

管亥嘆了口氣，道：「別提了，是我太大意了……他奶奶的，老子打了成百上千次仗，大大小小的戰鬥中，還從未見過這樣的打法，騎兵對衝中，他們居然將長槍投了出來，士兵們都沒有防備，加上又是快速衝擊，傷亡慘重啊，老子差點就回不來了……」

說到這裡，管亥看著魏延帶回來的三百多殘兵，問道：「魏將軍，你是不是也遇到了這種情況？」

魏延苦笑道：「真他娘的窩囊！」

管亥、魏延不再說話，將目光移到正前方，等了一會兒，沒見文醜出現，兩人對視一眼，心裡都有一種不祥的預感。

「文將軍向來準時，難不成是遭遇不測了？」魏延惴惴不安地道。

「呸呸呸……」管亥狂吐口水，罵道：「快閉上你的烏鴉嘴，文將軍貴為五虎將，武藝超群，又久經戰陣，我們都回來了，他怎麼可能會回不來？」

話音剛落，中軍大營的前、右、左三個方向馳來大批幽靈騎兵。

「是西涼兵，文將軍他……」

魏延、管亥看到正前方出現了幽靈騎兵，領頭的正是馬超，心中一驚，也大概猜到了結果，二話不說，帶著部下騎兵便急急地向後軍奔馳而去。

此時，趙雲、張遼、張郃三人已經做好了布防，通往卷縣只有這一條必經之路，兩邊都是茂密的樹林，不宜騎兵通行，樹林中腐爛的動物死屍經年累月的積攢成一個大大的沼澤，使得樹林中瘴氣瀰漫，人一旦進到裡面，就會被瘴氣所侵襲。

足有十米寬的官道上，已經築起一堵土牆，泥土和削尖的木樁混在一起，可以有效的抵擋騎兵的衝擊，一連構築了五道這樣的土牆，中間留著的縫隙，只能讓一個騎兵通過，而且弓弩手嚴陣以待的守候在最後一道土牆的後面，活像一個小型的關卡。

趙雲在前，張遼、張郃在其左右，三個人騎著馬站在土牆的最前面，遙望著前方的官道，眼神中充滿了期待。

「趙將軍，時間越來越緊迫了，要不要現在就開始行動？」張郃首先打破了寂靜。

趙雲搖搖頭，道：「暫時不用，等敵人逼近時再行動不遲。現在各部都退回來了，前、左、右三營兵馬各有損傷，除了先鋒營王威帶領騎兵運出糧食外，左、右兩營的糧食盡皆被焚毀，現在就差文醜、魏延、管亥三部沒有回來了，我們必須耐心的等三位將軍退回，才能離開這裡。」

又等了兩刻鐘，終於看見官道上有人來了，魏延、管亥打頭，身後帶著殘餘的數百騎兵，都是一臉狼狽的樣子，有的士兵身上還帶著傷，卻尋不見文醜。

看到這一幕，趙雲、張遼、張郃都皺起了眉頭，面面相覷。

等到魏延、管亥靠近，還沒來得及說什麼，便在揚起的塵土中看到西涼兵的影子，為首一騎衝在最前，正是馬超。

「你們全部退到後面去！」趙雲將望月槍一揚，下令道。

張遼、張郃、魏延、管亥和數百騎兵一起撤了下去，趙雲留在原地，一動不動。

馬超手提著新近打造的地火玄盧槍，意氣風發地騎在馬背上，當他看見趙雲時，瞳孔瞬間變大，臉上帶著喜悅，暗想道：「上次和他沒有打盡興，這次我一定要和趙雲打上一場，分出個高下來。」

士兵都撤到了五道土牆的後面，趙雲卻單槍匹馬的立在土牆的最前面，看到馬超帶著大軍驟至，他面色不改，心中卻想道：

「魏延、管亥回來了，他們和文醜帶走的三千輕騎卻只回來了三百多騎兵，看來馬超的軍隊真的很強。可是，文醜卻沒有歸來，他是見風使舵的歸降了馬超，還是已經陣亡了……」

馬超在距離趙雲還有一段路時，便勒住了馬匹，將地火玄盧槍高高舉到空中，大聲地喊道：「停！」

張繡、王雙、索緒、錢虎四將帶著幽靈騎兵整齊地停頓下來，來到馬超的身後，靜靜地等著。

索緒注意到趙雲身後的土牆，看到許多削尖的木樁從泥土裡突了出來，像是一個十分堅固的拒馬，不禁皺起眉頭道：「看來燕軍早有準備了，大王不可硬衝啊……」

馬超不以為然地道：「敵人就在面前，眼看就要可以殺死高飛了，如果不能將這些擋路的傢伙全部殺掉的話，我又怎麼擒殺高飛？那麼這次的行動還有什麼意義？」

「大王，屬下說的都是實情，是為了減少傷亡，有道是窮寇莫追，何況敵人已經構築起防禦工事了，若是硬拼的話，只怕會傷亡慘重。而且大王也不知道高飛到底藏身何處，對方有十萬大軍，雖然被我軍偷襲有些損傷，但是元氣並未受到傷害，若是一再的追下去，只怕會凶多吉少。」索緒見馬超不採納自己的意見，反駁道。

「夠了！本王主意已定，休要多言，違令者，斬！」馬超最聽不得別人反對他了，所以對索緒的話非常的反感，撂下了一句狠話。

索緒不再反駁，心中卻極為不爽，說道：「既然如此，請大王恩准臣帶著本部人馬離開這裡，也省得到時候大王沒有人收屍！」

「索緒！」馬超扭頭怒視著索緒，喊道：「把這個逆臣賊子給我綁了，等本王斬殺了高飛，再來殺他！」

「大王息怒……」張繡、王雙、錢虎急忙勸道。

「誰敢替索緒求情，一律視為以下犯上，當處謀逆之罪！」

張繡、王雙、錢虎不再說話了，向索緒投去了同情的目光。

不一會兒，有兩名騎兵來到索緒的身邊，直接將索緒帶走。

趙雲看到對面發生的一切，不解地道：「奇怪，怎麼自己人把自己人給綁起來了？」

這時，馬超向前策馬走了幾步，一臉驕傲地說道：「趙雲，我們又見面了！」

趙雲笑了笑，道：「是啊，真是人生無處不相逢啊。」

「上次讓你跑了，以至於我們沒有好好的打一場，這回當著兩軍將士的面，你敢和我單打獨鬥嗎？」馬超目露凶光，緊握手中地火玄盧槍，已經做好了隨時衝出去的準備。

趙雲嘿嘿笑道：「上次是上次，這次是這次，不過，我堅信，我們還有再見面的……」

話音未落，趙雲便調轉馬頭，急速駛進土牆的縫隙，回到燕軍的陣前。

馬超從未被別人如此的奚落過，感覺自己的肺要炸了一樣，將地火玄盧槍向前一指，大聲喊道：「給我殺過去！」便第一個衝了出去。

趙雲看到馬超帶兵衝了過來，嘴角露出笑容，對張遼道：「文遠，可以開始了。」

張遼點了下頭，拿著一面小黃旗揮舞了幾下，藏在官道兩邊密林裡的連弩手盡皆湧了出來，登時萬箭齊發，密集的弩箭如同蝗蟲一般，一波接一波的朝馬超等人射了過去。

箭矢如暴風驟雨般的向馬超等人射來，立刻便有許多騎兵連人帶馬被射死了。馬超用地火玄盧槍撥擋著箭矢，可是還沒歇口氣，又一波箭矢射了過來，密集的程度令他咋舌。

忽然，一支利箭從他的臂膀上飛過，劃傷了他的手臂，鮮血滲了出來，他的座下戰馬也被十數支箭射中，發出聲聲悲鳴。

馬超見狀，急中生智，跳下戰馬，用手拉住兩匹戰馬，自己躲在戰馬中間，讓戰馬做他的擋箭牌，同時大聲地喊道：「撤！快撤！」

喊話完畢，馬超身輕如燕，如同猛虎跳躍山澗般竄了出去，一腳踹下一個剛剛準備撤退的幽靈騎兵，自己騎在那個騎兵的馬背上，來了一個蹬裡藏身，向後退去。

官道留下了一地的屍體，一千五百具屍體橫七豎八的堵塞在官道上，尚有一些奄奄一息的士兵，被從樹林中衝出來的燕軍士兵砍死。

趙雲看到馬超撤退，地上遺留一地的屍體，咧嘴笑道：「馬超，**不是光靠著**

單打獨鬥以及個人的勇猛就能取得戰爭的勝利的，這一次沒有射死你，算你命大，下一次再讓我遇見你，定要取你首級。」

張遼、張郃二將見了，急忙道：「趙將軍，是時候撤退了。」

趙雲點了點頭，說道：「撤退！」

命令下達後，隱藏在樹林的裡兩千名弩手開始退出密林，同時扔下火把，將樹林都給焚毀了，就連堵塞道路的屍體也一併燒毀，滾滾的濃煙遮天蔽日。

馬超吃了虧，心中很是不服氣，忽然想起之前索緒阻止他的事，感覺對索緒心存歉意，便命人將索緒給放了。

「大王，那邊著火了！」張繡突然指著剛才受到狙擊的地方，朗聲道。

馬超看了過去，但見滾滾濃煙衝天而起，熊熊大火鋪天蓋地，正向樹林兩邊蔓延。

「他居然把整片樹林都燒毀了？」王雙看了眼樹林，驚詫地道。

「看來，燕軍真的是窮途末路了，怕被我追上，先行做好了歸去的準備，照這大火燒下去，不燒個七天七夜是熄滅不了的。」馬超一邊包紮著傷口，一邊說道。

「大王，那現在怎麼辦？」錢虎問道。

「回官渡，這裡是卷縣通往官渡的必經之路，高飛放火燒了這裡，我們過不去，他們也休想過來，派人守在這裡，設立一道關卡，若是有人從北方過來，不論是誰，全部殺掉。**我們下一個要對付的，是曹操。**」

「大王，那抓到的燕軍俘虜怎麼處置？」王雙問。

「這還用問我嗎？不投降的全部坑殺！」馬超包紮好傷口，騎上馬，便奔馳而去。

「主公，已經統計出來了，我軍陣亡一萬六千人，被俘五千八百人，其中將軍文醜、甘寧部將校尉蘇飛，太史慈部將校尉潘宮、穆順、郭英、陳適，張郃部將校尉潘翙、何寧，都在這次戰鬥中相繼壯烈殉國……」荀攸說話的時候，心中像針扎一樣痛苦。

「馬超突然襲擊大營，是我們所有人都沒有預料到的，只能說，是我們疏於防範，沒有想到馬超會那麼快對我們展開攻擊……」

高飛確實沒有預料到這一點，因為他正在積極準備對馬超的戰爭，打算封死馬超，決一死戰，可是誰曾想馬超會突然發動襲擊，讓他損失了那麼多將士。

文醜的死，更像一把尖刀插在他的心上，讓他心痛不已。

「主公，徐將軍傳來消息了。」許攸從外面帶著飛鴿傳書走了進來，見大帳內氣氛不對，便小聲說道。

「上面說什麼？」

「徐將軍說，他們已經安全渡過了黃河，目前已經進入邙山一帶，潛伏在山中，靜候主公的下一步命令。同時……同時提及又有七萬西涼兵從關中進入了司隸。」許攸小心翼翼地說道。

「又來了七萬？馬騰父子是想憑藉二十萬的兵力一鼓作氣在中原稱雄嗎？」一直沒有發話的司馬朗被這個數字給震驚了，失聲道。

「主公，以目前的形勢來看，馬氏父子是真的想一舉剷滅關東群雄，屬下以為，當增兵官渡，借此機會和西涼兵決一雌雄，一戰可奠定主公中原霸主的地位。」郭嘉建議道。

荀攸道：「屬下也贊同奉孝的意見，如今燕國已經休養了兩年，雖然軍隊數量不多，但是卻個個都是精兵強將，不如趁此機會，揮師南下，和西涼兵進行一場大戰，勝利後，即刻揮兵東向，平滅魏國，則中原可定。」

許攸審時度勢，覺得郭嘉、荀攸說的都有道理，便附和道：「屬下以為，此計可行。徐晃目前潛伏在邙山，馬騰父子抽調了二十萬大軍進入司隸，可以說是

傾全國之兵，如果不率眾死戰，很可能會讓馬騰父子更加的囂張。主公在這裡主戰西涼兵，徐晃在背後偷襲，襲取函谷關，截斷馬騰父子的歸路，完全可以將西涼兵盡數消滅在司隸境內。」

高飛聽到幾個謀士意見一致，便點點頭道：「正和我意。不過，不是現在，當務之急，是抽調兵力，以卷縣縣城為中心，等大軍到齊，才可發動總攻，目前我軍只能採取守勢。」

荀攸道：「屬下倒是覺得，攻守可以同時進行。」

「哦，說說你的意見！」

「如今大火燒斷了我們與官渡之間的聯繫，大火至少能夠燒七天七夜，這樣一來，西涼兵對我們就會放鬆警惕。我軍新敗，但銳氣仍在，將士一心，同仇敵愾。馬超不來攻擊我軍，必然會將矛頭指向曹操，他們之間將會有一場大戰，到時候馬超一定會傾全力而戰。屬下以為，這個時候可以派遣一支偏軍，迂迴到官渡，**以其人之道還治其人之身，偷襲西涼兵在官渡的大營**，並且將天子迎過來，一來可以使得西涼兵分心，二來可以顯示一下我軍的實力，讓馬超在對付魏軍的同時又心有餘悸。」

「雖然說曹操不值得我深信，但是以目前的情況來看，曹操和我軍無疑是同一條戰線上的，在援軍沒有到來之前，曹操若是被西涼兵打敗了，那麼我們的壓力就會增大，很可能連卷縣都守不住。軍師，你的計策不錯。」高飛誇讚道。

「放開我……放我出去……」這時，帳外傳來一陣巨大的嘶吼聲，響徹天地。

高飛聽到這聲咆哮，嘆了一口氣，說道：「給薊城發信，讓賈詡從各處抽調兵馬，統帥十七萬大軍南下，前來支援。除了在天津的水軍、薊城的近衛軍、包頭、朔方的騎兵等三萬人不能抽調外，其餘的燕軍必須參戰，再讓田豐、國淵、鍾繇籌集糧草，讓夏侯蘭押運到修武囤積。」

司馬朗聽後，問道：「主公傾全國之兵迎戰西涼兵，萬一鮮卑人來襲，那又當如何抵禦？」

「北疆平靜如水，兩年來鮮卑人從未敢踏入邊境一次，包頭、朔方兩地的騎兵專門為對付鮮卑人而設立，主公早已經做好了防範，不必擔心。如果不能在中原稱霸，何以稱霸於天下？」郭嘉道。

「奉孝說的很對，鮮卑人已經被主公打怕了，不過，也不可不防禦，可令丘力居、難樓帶領烏桓騎兵增兵包頭、朔方，足可以起到震懾鮮卑人的作用。另外，在並州的匈奴人也可以為我軍所用，可令他們守備西河郡，以防止羌人前來

騷擾。」荀攸道。

高飛不得不承認，荀攸、郭嘉都是軍事型的人才，在戰略上和戰術上頗有獨到之處，所給的建議也都很完善。直到現在，他才深深地體會到，自己以前沒有多聽取屬下人的意見，是多麼後悔的一件事。

「好了，就這樣定了，孔璋草擬文書，公達安排具體事宜，另外給徐晃回信，讓他繼續潛伏在邙山裡，等候我的指示再行動。我出去看看典韋，叫的實在太煩人了。」

話音一落，高飛便走出了大帳。

出了大帳，高飛看到典韋被三層鋼鐵打造的囚牢關押著，周圍站著親兵，嚴密地對典韋進行監控。

典韋雙手用力撕扯著鋼鐵的囚牢，手上腳上都被戴上為他打造的鐵鍊，就連腰上也拴著鐵鍊，分別連接在牢籠的柱子上，限制他的行動。

此時，他看到高飛走來，不斷嘶吼道：「放我出去！放我出去！」

高飛看到典韋衣不蔽體，露出渾身的肌肉，一雙深陷的眼睛透著極大的恨意和殺氣，他的臉龐與身軀都像刀削斧砍一樣，輪廓分明，顯示出一種力量與意志，站在囚籠中矯健挺拔。

就是這樣一條鐵骨錚錚的漢子，卻不屬於他，讓他很感傷。但是，放了他，無疑是對自己的一種威脅。

「放我出去！放我出去！」典韋用力搖晃鐵鍊，大聲地咆哮著。

高飛正準備走進囚籠，李鐵急忙阻止道：「主公，不能再靠近了，會有危險。」

就在兩天前，典韋用鐵鍊勒死一個給他送飯的士兵，從此以後，再也沒有人敢靠近囚籠，送飯的時候，都是用長長的竹竿掛著送進去。

李鐵這兩天才調過來替換文醜看護典韋，周圍五百名重步兵日夜不休地輪流守衛，馬超率眾偷襲時，李鐵費了好大勁才將典韋弄過來。

「不礙事。」高飛藝高人膽大，靠近囚籠。

「你關我那麼久，為什麼還不放我出去？」典韋見高飛靠近，質問道。

「因為我一放你出去，就會失去你。」

「就算你關我一輩子，我也不會跟著你，我生是魏王的人，死是魏王的鬼。」

「正是因為如此，我才不希望你去做鬼！」

典韋聽到這句話，怔了一下，覺得高飛這句話似乎別有深意，當即道：「你剛才說什麼？」

「我說，我之所以不放了你，是因為我不想讓你去做鬼！」高飛一本正經地道。

「不想我去做鬼？難道……**難道是魏王有什麼不測？**」典韋聽出話裡的意思，臉色頓時變得慘白。

高飛沒有回答，只是輕輕嘆了口氣，轉身便走。

「喂！你別走啊，你告訴我，是不是魏王出什麼事了，你快告訴我啊……」

高飛走到一半，停下腳步，轉過身子看著囚籠裡的典韋，緩緩說道：「典將軍，你是一條鐵骨漢子，以後要走的路還很長，我希望你能夠理解我的做法，好好的活下去，比什麼都好。記住我的話，千萬別做鬼。」

說完，高飛對李鐵道：「好生伺候典將軍，他想吃什麼，喝什麼，儘量滿足他，另外，再給他準備一些衣服。」

李鐵不是很懂高飛如此做的用意，但是他沒有多問，答道：「諾！」

「喂，你別走啊，你別走……你把話說清楚，魏王到底怎麼了，你快告訴我啊，你們誰能告訴我……」

典韋一個勁的鬼叫，可惜，沒有一個人搭理他。

高飛回到大帳後，手捧孫子兵法再次攻讀起來，當他將孫子兵法讀完，典韋的嘶吼聲還在繼續，反反覆覆就是那幾句話，不是「放了我」，就是「你們誰能告訴我」，只是，叫聲顯然已經沒有之前高亢了，夾帶著沙啞，如果不是因為他就在中軍大帳前面，高飛根本聽不到他在叫。

放下手中的孫子兵法，高飛走到大帳邊，偷偷朝囚籠裡看了一眼，見典韋坐在地上，頭髮蓬亂，整個人如同一隻被束縛的獅子，神情落寞，雙眼黯淡無光。

「唉！」高飛嘆了口氣，退回營帳，自言自語地說道：「典韋，你別怪我這樣對你，誰讓你不願意跟隨我呢。**對於你，只有兩種處理方法，要麼殺了你，要麼就永遠的將你囚禁起來。**」

一會兒，郭嘉從帳外走了進來，拱手道：「主公，薊城來人了，帶來一則好消息。」

「人呢？」

「屬下已經安排她休息去了。」

「什麼好消息？」高飛問。

「是蟬夫人派來的婢女，說是蔡夫人、公輸夫人各給主公產下了一位公子。」郭嘉說話時，臉上的表情喜憂參半。

高飛高興的一把將郭嘉緊緊抱住，歡喜地說道：「奉孝，真是太好了，我有兒子了，而且還是兩個，實在是太好了。」

鬆開郭嘉，高飛見郭嘉臉上卻帶著憂愁，怪道：「奉孝，我有兒子了，你不替我高興嗎？」

郭嘉欠身道：「屬下不敢。屬下當然為主公感到高興，只不過，婢女還帶來一個不好的消息，屬下不知道該怎麼跟主公講……」

「該怎麼講就怎麼講，但說無妨。」

郭嘉深吸了一口氣，鼓起勇氣道：「啟稟主公，公輸夫人生完小公子後便……便……」

「公輸夫人到底怎麼了？」高飛一聽郭嘉吞吞吐吐的，很是著急，一把抓住郭嘉的肩膀，狠狠地搖晃著道：「你倒是快點說啊。」

「公輸夫人生完小公子後，便……便去世了……」

「你剛才說什麼？」高飛整個人都驚呆了，不敢相信自己的耳朵。

「婢女說，公輸夫人難產，出了好多血，當時神醫張機就在薊城，蟬夫人立刻派人去請張神醫。張神醫看後，說大人孩子只能保一個，蟬夫人立即說保公輸夫人，可是公輸夫人死活不肯，堅持說要保孩子，蟬夫人拗不過公輸夫人，張神醫只好遵照公輸夫人的話，生下小公子後……便去世了。」郭嘉將事情的原委和盤托出，不敢有所隱瞞。

「轟！」

高飛跌坐在地上，臉色慘白，腦中浮現了公輸菲的音容相貌，有氣無力地問道：「那孩子呢？」

「主公放心，有張神醫照顧，小公子很健康。」

「這是什麼時候的事？」

「大概是七天前，婢女從薊城馬不停蹄的趕來，不敢有絲毫怠慢，一到這裡，說完事情後，便癱倒在地上起不來了，經過軍醫的救治，婢女已經脫離了險境，目前正在休息。屬下知道這件事後，不敢怠慢，立刻來稟告主公。」郭嘉道：「另外，蟬夫人請求主公的原諒，說是因為她不夠堅定，才讓公輸夫人離去的……」

「你出去吧，讓我一個人靜靜。」高飛臉色鐵青，躺在地上。

郭嘉看到高飛憂傷的樣子，也不忍心打擾，輕輕說道：「主公請節哀順變！」

說完，郭嘉走出大帳，吩咐看守大帳的親兵，道：「任何人不得在主公帳前大聲喧嘩，以免驚擾了主公休息，若有違禁者，格殺勿論。」

「諾！」

高飛躺在大帳裡，回想起自己和公輸菲在一起的點點滴滴，以及公輸菲為燕國兵器革新所做出的貢獻，痛徹心扉。

這件事對他來說太突然了，他沒有任何心理準備，原本他還指望以後和公輸菲一起研發出飛行器呢，可是現在看來，這個夢想完全破滅了。

他回憶著往事，心像刀絞一樣的痛，如果這就是命，那麼上天對她也太不公平了。她身上肩負著復興公輸家機關術的大任，可是還沒等她有什麼成就，她就離開了這個塵世……

不知不覺，高飛昏昏沉沉地睡著了。

也不知道睡到什麼時候，突然聽到大帳外面傳來陣陣的嘶吼聲，如同動物一樣的咆哮不止，鐵索碰撞的聲音也十分刺耳，彷彿世界上所有令人抓心的聲音都在這一刻凝聚起來。

緊接著，帳外傳來典韋的狂吼：「放開我！放我出去！我要去找魏王……」

「典韋，你快給我閉嘴，我家主公正在休息，你別喊了！」負責看守典韋的李鐵趕忙制止道。

典韋哪裡肯聽李鐵的話，仍然狂叫不止。

李鐵一臉無奈，正當他不知道該怎麼辦的時候，忽然聽見背後響起一聲巨吼。

「典將軍！」

高飛被吵醒了，從大帳裡走了出來，徑直朝典韋走去，問道：「你真的想見魏王嗎？」

「你來得正好，你快告訴我，魏王是不是出什麼事了？求你快告訴我！」

「只怕你這輩子都見不到魏王了，魏王昨天被馬超偷襲，身首異處，已經不在人世了。」高飛面無表情地道。

「你說什麼？這怎麼可能……魏王怎麼會……」典韋不敢相信自己的耳朵，瞪大了眼睛，驚恐的望著高飛。

「是人都會死，魏王也不例外。記住我跟你說的，好好的活下去，千萬別做鬼！」高飛說完這句話，轉身便走，頭也不回。

典韋則嘶吼的更加厲害了，不斷地咆哮道：「馬超……馬超……我要取你狗命……馬超，我要殺了你……」

典韋整個人開始發狂，拚命用力想掙脫拴在身上的十多根精鋼打造的鎖鍊，

弄得整個囚籠嘩啦啦的響，吵鬧非常。

高飛走進大帳，他剛從失去愛妻的痛苦中走出來，聽到典韋如獅吼般的聲音，突然心生一計，這才假意的告訴典韋曹操死去的消息。

回到營帳後，高飛聽到典韋的吼聲更加激烈了，心中想道：「盡情憤怒吧，典韋！」

過了一刻鐘，荀攸走進大帳，看到高飛愛不釋手的把玩著一件玉佩，欠身道：「主公，典韋今天不知道受了什麼刺激，比前幾天更加暴戾了，再這樣下去，以他的力氣，屬下真的擔心他會掙斷鐵索，逃出囚籠。既然他不願意歸降主公，不如趁早殺了，以免有後患。」

高飛輕描淡寫道：「孫策從我們的眼皮子底下逃走，讓我錯失了一個良機，這次典韋的事，絕對不能有半點閃失。曹操目前根本不和我們一心，而典韋是曹操的心腹愛將，如果典韋死在馬超的手上，曹操必然會向馬超復仇。**典韋現在不會對我們造成任何威脅，反而是我們最大的一個秘密武器。**」

荀攸想了想，問道：「主公，你是想逼瘋典韋，然後讓典韋去殺馬超？」

「軍師聰明，我還沒有說，就知道我要做什麼了。」

「可是，屬下擔心，一旦典韋真的被逼瘋，就會六親不認，到時候他又怎麼會聽從主公的話，而且，以他的本事，軍中只怕沒有幾個人能夠壓制住他，到時候會不會對我軍造成威脅？」

「嗯，這也正是我所擔心的。你吩咐下去，讓趙雲、黃忠、太史慈、甘寧全部過來，如果典韋真的發瘋了，以他們四個人的武力壓制住典韋不在話下。」

「諾！屬下這就去叫四位將軍過來。」

第七章

白髮鬼

那團白色的物體以極為輕快的速度向他逼來，他皺著眉頭，尚未臨戰，心中已經生出了膽怯，「白髮鬼」這三個字突然浮上了心頭。他強壓住心中的恐懼，橫槍在胸前，暗暗地想道：「白髮鬼，你究竟是何方神聖？」

入夜後，高飛剛剛吃過晚飯，帳外的典韋因為喊累了，稍微消停了一會兒，士兵們給典韋送上飯菜、酒肉，典韋全部吃了下去。

典韋酒足飯飽之後，倒是安靜許多，因為他的嗓子已經叫破了，說話時都帶著一絲疼痛，再叫的時候，發出來的聲音如同鬼泣一般難聽。

趙雲、黃忠、太史慈、甘寧四將接到命令後，便一直守候在囚籠附近，見典韋安靜下來，昏昏沉沉地睡著了，都放下了心。

四個人聚在一起，圍著桌子，手中各拿著一些硬紙，硬紙上面印著不同樣式的花紋。

「對三！」甘寧率先抽出兩張硬紙，放在桌上，叫道。

「對五！」黃忠順著道。

「對七！」趙雲緊接著道。

「對二！」太史慈同樣抽出兩張，摔在桌上。

甘寧、黃忠、趙雲三個人先是看了看手裡握著的硬紙，然後搖搖頭道：「不要！」

「哈哈哈……就知道你們要不起……」太史慈的臉上浮現一陣笑容，同時將手裡的硬紙全部摔在桌上，道：「順子！」

甘寧、黃忠、趙雲三個人見太史慈全部出完了，都沮喪著臉，將手中的硬紙給放在桌子上，十分不爽地道：「狗屎運！」

「什麼狗屎運，我這叫手氣好。給錢、給錢！」太史慈得意洋洋地道。

甘寧三人願賭服輸，紛紛從懷裡掏出十枚五銖錢，放在太史慈的面前。

「再來！今天我要贏光你們身上所有的錢！」太史慈自豪的說道。

四個人繼續打著撲克來打發時間，李鐵不時讓人端上茶水，供四位將軍飲用。

到了子時，四人玩得很疲倦，都有了睏意，趴在桌子上就睡著了。

此時，囚籠裡的典韋緩緩地睜開了雙眼，見負責看守他的趙雲、黃忠、甘寧、太史慈都睡著了，李鐵和其他士兵也在打著盹，他覺得自己的機會來了。

典韋雙手握住腰間的鎖鍊，使勁全身力氣猛地一拉，鎖鍊「啪」的一聲，便立刻斷成了兩截，好在他早有準備，聲音沒有傳出去，只發出一聲清脆的響聲而已。

他自從被鎖住後，每天都在不斷地大喊，試圖掙脫這座囚籠，經過堅忍不拔的努力，將捆住腰部、手、腳的鎖鍊都拉得有些鬆動了，因為沒有人敢進來，所以也就沒有人察覺到，**他只是在等待一個適當的時間，一個可以讓他能夠逃出去**

的時間，所以一直隱忍不發。

直到今夜，**終於機會來了**，縱使外面有號稱五虎將的其中四人在，也無法阻止他出去的步伐。

打定主意後，典韋用同樣的方法掙斷了手銬及腳鐐上的鎖鍊，同樣小心翼翼的，沒有引起太大的動靜。

當他完全解脫之後，躡手躡腳的挪到囚籠邊上，用手握住其中兩根鋼柱，使盡全身的力氣，掰彎了那兩根鋼柱，讓他得以從縫隙中走出來。

越出第一道囚籠，他極小心的走到第二道囚籠，用同樣的方法走出第二道囚籠。

此時他的臉上帶著無比的興奮，他覺得他的計策成功了。

當他把手伸出去，握住第三道囚籠的柵欄時，剛準備用力去掰彎那兩根柵欄，卻不想意外發生了，本來趴在桌上熟睡的趙雲、黃忠、甘寧、太史慈四人突然站了起來，同時負責看護他的士兵也變得異常精神，點燃火把，將囚籠附近照得通亮。

「哈哈哈哈……」一群人看著驚呆的典韋，哈哈嘲笑著。

「典韋，你真的以為你能夠逃得出去嗎？」趙雲首先發話了，「我們只不過是做個樣子，消遣你而已。如今你的力氣用去了一大半，就算你能逃出這座囚籠，也絕不可能在我們四人的合力下逃掉。魏王已死，馬超率領西涼兵今天又把魏軍打敗，數萬魏軍將士曝屍荒野，魏軍大營血流成河，如今馬騰正率部追趕魏軍敗軍，你就算逃了出去，又能怎樣？」

「你胡說！魏王是不可能死的！一定是你在騙我！有許胖子在，他是絕對不允許有人傷害魏王的！」

典韋只覺得全身有虛脫的感覺，根本不相信這是真的。

「你是說許褚嗎？他確實是條漢子，為了保護魏王，和馬超力拼，最後卻死在馬超的槍下。」

「許胖子……死了？這怎麼可能？」

「怎麼不可能，馬超英勇無敵，堪比當年的呂布，加上西涼兵人多勢眾，又多是騎兵，在攻擊魏軍時，簡直是掀起了一股腥風血雨，魏軍死傷無數，目前已經退兵回陳留了，馬騰帶兵追擊去了。」

「馬超在哪裡？」典韋見趙雲說話時態度認真，不禁有八成信了，陰著臉問道。

「馬超目前就駐紮在官渡，如果你想為魏王和許褚報仇的話，就歸順我家主

公，我家主公會傾全國之兵迎戰西涼兵，到時候，你儘管替魏王報仇，而且，馬超的命也歸你處置。」趙雲道。

典韋暴怒了，瘋狂的嘶吼著，沒有一點要歸順高飛的意思，但是卻受到了刺激，使出全身力氣，試圖掙脫最後一道囚籠。

可是，最後一道囚籠太過堅硬，加上他用力過度，臂力已經大不如前，只掰彎了一點點弧度，便再也沒有力氣了，直接癱軟在地上，也不再叫喚了，最後只一個勁的輕輕喊道：「大王，我要為你報仇，我要親手殺了馬超。許胖子、大王，我要給你們報仇……」

「嚴加看管，不得有任何閃失！」趙雲厲聲吩咐道，便走了。

「諾！」

第二天一早，高飛起來後，走到帳外，伸了個懶腰，眼睛朝囚籠裡瞄了一下，卻發現囚籠裡竟然坐著一個滿頭白髮的人。

他急忙揉了揉眼睛，仔細地看了過去，竟然是典韋。

此時，典韋那如同鬼泣一般沙啞的聲音不住地喊道：「我餓……我要吃飯……我要吃馬超的肉……」

高飛看到第一道、第二道囚籠都被毀了，典韋坐在第三道囚籠的邊上，像個小孩子似的一會兒哭，一會兒笑，臉上也是髒兮兮的。他急忙走到趙雲等人的身邊，問道：「這是怎麼一回事？」

「啟稟主公，典韋他……他瘋了……」趙雲答道。

「瘋了？」高飛側臉看著典韋，眼裡閃現出一種莫名的喜悅。

典韋一夜白頭，臉上的表情豐富異常，時而如同嬰兒般啼哭，時而如同孩童般天真，時而狂笑不止。

高飛足足觀察了典韋長達一個時辰，無論從哪方面來看，典韋的異常表現基本上可以判斷為是一個瘋子。而且，他從典韋的身上看不出絲毫裝瘋賣傻的破綻。

他自己看不出，並不代表別人看不出，鄭重起見，他叫來了荀攸、郭嘉、張遼、張郃等人圍觀，像是在觀看一個稀有動物一樣。

連續觀察了一上午，所有看過典韋的人，都一致認定典韋不是裝的，而是真的瘋了。

這倒是出乎了高飛的預料，他是想逼瘋典韋，可是沒想到會這麼快，只一個晚上，典韋變成了白頭不說，竟然還發瘋了。

「主公，大火已經焚毀大片樹林，雖然沒有熄滅，但是通往官渡的路已經被打開了，馬超在通往官渡的道路上構築了一道關卡，以防止我軍。另外，這兩天卞喜傳來消息，馬超和曹操交戰五次，三勝二敗，目前曹操處於守勢，馬超仍處於主動地位，曹操聽聞又有七萬西涼兵增援，急忙下令夏侯淵帶大軍前來支援。以目前的情況來看，曹操也是準備全力迎戰馬超了。」許攸將收到的消息一一向高飛報告。

高飛問：「劉備有何動向？」

許攸道：「劉備大軍仍然駐紮在官渡之南，六萬大軍按兵不動，不知道打的是什麼主意。」

「知道了，傳令下去，召集原飛羽軍所有人，不論職務，午飯過後，全部到大帳議事。」高飛下令道。

「諾！」

許攸退去，荀攸湊了上來，看到發瘋的典韋，道：「主公，典韋已經瘋了，下一步該怎麼辦？」

「你有什麼意見？」高飛反問道。

荀攸道：「屬下以為，只要加以勸慰的話，或許能夠將其招攬到部下。屬下看得出來，典韋心中有一股怨氣，那股怨氣是對馬超的，他對馬超殺死曹操、許褚，打敗魏軍的事深信不疑，**我們可以利用這點，激怒典韋，讓他去殺掉馬超。**就算不能除掉馬超，又或是他被馬超殺掉，對我們而言，都是一件再好不過的事情。同時，屬下也覺得奪回天子的計畫可以展開了。」

高飛笑道：「英雄所見略同，那麼，你能說服一個瘋子嗎？」

「屬下從未有過類似的經歷，但屬下願意嘗試一下。」

「好，那麼典韋的事情就交給你了。」

「屬下遵命。」

荀攸話音一落，便隻身去見典韋。

高飛怕荀攸出意外，便讓趙雲、黃忠、甘寧、太史慈等人在一邊護衛著，自己則起身回營。

午飯過後，原飛羽軍的將士全部到齊，其中以趙雲的官爵最大，最小的也是校尉一級。

「諸位和我都是生死與共的老兄弟了，俗話說，打虎親兄弟，上陣父子兵。我們雖然不是親兄弟，也不是父子兵，但是我們之間的情誼，卻遠遠比兄弟、父子之情還要深厚。我高飛之所以能夠有今天，你們是不可磨滅的功臣。如今趙雲

位列五虎將之首，龐德、盧橫、管亥、周倉、廖化、高林都已經位列十八驃騎，卞喜、李鐵、夏侯蘭也都各自有所成就，剩下的人，在各個將軍的部下或擔任副將、或擔任校尉，都成為我燕軍中的主體。正因為有了你們，才有了燕軍，正因為有了你們，才有了燕國，在這裡，我要對你們表示最崇高的敬意！」

高飛說完這番話，便向每一個人深深地鞠了一躬。

主公向下屬鞠躬，這在古代是根本沒有的事，比起什麼禮賢下士更加給人一種震撼力。

在場的人無不深受感動，異口同聲地道：「為主公效力，我等萬死不辭！」

「如今，周倉、廖化、高林跟著徐晃帶領著第二批組建的飛羽軍去了敵後，卞喜作為燕國情報科的科長，正帶領那些斥候深入敵後，在第一線奮鬥，夏侯蘭肩負起守備薊城及其周邊的重任。現在，我有一件極其重要的事要交給你們去完成，可能會有危險，會一去不返……」

不等高飛說完，飛羽軍都一致說道：「請主公下令，我等願意為主公赴湯蹈火，在所不辭！」

高飛聽了，高興地道：「好！有你們這句話，我就心滿意足了，有這份精神，這次行動保證能夠成功！上酒！」

這邊話音一落，那邊便有親兵立刻送上酒來，挨個的給這兩百多人倒上了酒。

「什麼都不說了，我先乾為敬！」高飛舉著酒，當下便一飲而盡。

其他人也先後將酒一飲而盡，趙雲率先喝完，喝完後，將酒碗舉得高高的，然後狠狠地將酒碗摔在地上，摔得粉碎。緊接著，大帳內傳來一陣摔碗的聲音。

高飛看到滿地的碎片，終於知道為什麼戲劇裡老有摔碗或者摔杯的舉動了，他感同身受，**這是證明破釜沉舟的決心，不僅是在給自己壯膽，更是在給自己踐行，讓自己對自己信心倍增。**

他也將碗摔得粉碎，摔完，便將計畫告知給趙雲等人，並且挑選出二百個人，一起來完成這項任務。其餘沒有被選到的反而十分不爽，但是經過高飛的一番開導，也就隨即釋懷了。

於是，**代號為「鯊魚」的行動**，正式以趙雲為隊長，龐德、管亥、盧橫、李鐵為小隊長，各自回營整裝待發去了。

這邊趙雲等人剛離開大帳，那邊荀攸便一臉喜悅地走了進來，一見到高飛，便急忙說道：「主公，屬下已經成功說服典韋，今夜便可以跟隨飛羽軍一起執行任務。」

「哦？你居然能夠說服一個瘋子？」

「瘋子也有自己想要的東西，屬下只不過是投其所好而已。」

於是，荀攸將如何借用雙鐵戟誘惑典韋的經過說給高飛聽，之後又講解如何掌控典韋，以免發生意外。

萬事俱備，只欠東風。

入夜後，趙雲、龐德、管亥、盧橫、李鐵等二百個人帶著典韋出了營寨，騎著馬，秘密地朝虎牢關而去。

虎牢關內。

劉辯整日無所事事，身邊雖然坐著美女，可是他一點也提不起勁來，倒是那幾個美女一直在搔首弄姿的挑逗著劉辯，得到的卻是極其冷淡的臉色。

「陛下，你這幾天是怎麼了，怎麼一直悶悶不樂的，連看臣妾一眼都不看，是臣妾不夠美嗎？」

一個美女橫跨在劉辯的腰身上，擠弄著自己豐滿的胸部，聲音發嗲地說道。

「走開！統統都給朕滾開！別以為朕不知道，你們都是秦王派來的，你們回去告訴秦王，朕……朕……總之別來煩我！」劉辯一把將那名美女推倒在地，怒道。

幾名美女還是頭一次見劉辯發這麼大的火，擱在以前，劉辯愛惜她們都來不及，又怎麼會打罵她們呢。可是自從劉辯從官渡回來之後，整個人就變了。這些女人又怎麼能夠明白劉辯現在心裡的感受呢，見劉辯龍顏大怒，都不敢招惹，只能暫時退去。

頓時，整個大廳裡只剩下劉辯一個人，他在官渡接受天下臣子的朝見時，怎麼都沒想到馬超會突然對所有的人發動攻擊，而且還是擅作主張，以他的名義下詔。

以前，馬超無論做什麼事情都會先來請求他的允許，可是現在，**馬超變了，變得越來越囂張跋扈了，越來越不將他放在眼裡**。

「陛下，司徒王允、太尉楊彪、太傅馬日磾求見。」一名太監在外面稟報道。

「快……快傳三位愛卿進來。」劉辯的臉上突然變得很是歡喜，高興地說道。

「臣等叩見陛下！」

王允、楊彪、馬日磾三個人一進入大廳，便跪在了地上，恪守為人臣子的本

份，並且叩了一個響頭。

劉辯從座椅上站了起來，親自扶起了王允、楊彪、馬日磾三位大臣，歡喜說道：「三位愛卿以後再見到朕，就不用行如此禮節了，現在已經沒有幾個人肯向朕跪拜了，也只有你們而已。」

王允嘆了一口氣，和楊彪、馬日磾齊聲問道：「不知道陛下召見臣等有何要事？」

劉辯看了看門外，確定沒有人在偷聽的情況下，這才小聲地對王允、楊彪、馬日磾三個人說道：「朕受夠了秦王的飛揚跋扈，在官渡時，他不朝拜朕也就罷了，居然擅自用朕的旨意，這已經是明顯不把朕放在眼裡了。現在他正在官渡和魏王打仗，無暇顧及虎牢關這裡，朕想請三位愛卿帶朕離開這鬼地方。」

王允、楊彪、馬日磾聽後，都面面相覷，頗感為難，因為在虎牢關內，並沒有他們的親隨，而且到處都是馬超的眼線，事實上，他們根本沒有那個能力帶劉辯離開。

劉辯也知道這個要求實在為難了王允三人，然而他現在唯一的寄託就在這三個人身上，也只能當作救命的稻草了。

王允想了想，道：「陛下，如今天下動盪，群雄並起，離開這裡，陛下又能去哪裡？」

劉辯道：「楚王劉備、蜀王劉璋都是漢室宗親，朕要是去了他們那裡，他們必然會對朕畢恭畢敬，再說，朕也可以借助他們的力量恢復大漢的朝綱。或是到河北的燕國去，高飛雖然自立為王，可是天下就他那裡最安定了，馬超更是視他為眼中釘，肉中刺，燕國離這裡近，路也好走，你們不如帶朕去燕國吧，朕要是到了燕國，朕就封你們做侯……不！做王，封你們做王，怎麼樣？」

王允道：「陛下還太年輕，想事情未免太簡單了點。無論是楚王劉備、蜀王劉璋，或是已經自行削去王爵的燕侯高飛，都不是省油的燈，陛下若是離開這裡，去依附他們，只怕是**剛脫離狼窩，又入虎穴**，他們未必能有馬超對陛下這樣好。」

「可是，再在這裡待下去，朕只有死路一條，一旦馬超在中原稱霸，擊敗了曹操和高飛，天下就沒有人敢和他為敵了，王和皇帝只差一步之遙，他若是想當皇帝了，那朕就要成為他的刀下之鬼了。**難道三位愛卿忍心看到馬超弒君，篡漢自立嗎？三位愛卿都是我大漢的忠臣，就不能想想其他的辦法？**」

人在擔心自己安危的時候，往往會比平時聰明一百倍，劉辯此時正是如此。

王允、楊彪聽後，都嘆了一口氣。

去再說。」

「嘆氣有什麼用，以我之見，不如就帶著陛下逃出此地，至於去何處，逃出

馬日磾個性剛強，雖然和馬騰是同鄉，又是同族，但是他的祖上是大漢的一代名臣馬融，和馬騰這等出身在涼州的鄙人不同，他也看不起馬騰，也恥於在馬騰、馬超的淫威之下活著。

「馬愛卿說的極是……」劉辯感動萬分，終於有一個人同意他了。

王允道：「陛下、馬太傅，請允許我把話說完，我說不走，不代表就是向馬騰、馬超屈服。如今馬騰、馬超都在關東，虎牢關內雖然有張繡、王雙、張橫、程銀、馬玩等馬氏的心腹，但是安東將軍楊奉正率領七萬大軍從函谷關而來，這正是陛下重新恢復大漢朝綱的好時機。」

劉辯聽不懂，問道：「楊奉不也是馬騰父子的心腹嗎，他帶領七萬大軍是來支援馬騰父子的，不是嗎？怎麼成了朕恢復大漢朝綱的好時機了？」

王允嘿嘿笑道：「楊奉本是董卓舊將，董卓被馬騰除去之後，和張濟、樊稠一起被迫投降了馬騰，一直和張濟、樊稠在函谷關駐守。張濟、樊稠死後，楊奉便成了安東將軍，臣曾經多次秘密給楊奉去信，暗中聯絡，伺機而起。這兩年來，楊奉駐守在弘農，他手底下的將領，大多都是原來平定的白波賊，韓暹、李樂、胡才為其爪牙。馬騰對漢中張魯作戰時，楊奉也參加了，並且收服了不少張魯舊部，楊松、楊柏、楊昂、楊任以及張魯之弟張衛均在他的帳下，這兩年他沒有了張濟、樊稠的壓制，獨自坐大，早有反叛馬騰的心思。」

「太好了……等楊奉來了，只要他能讓朕恢復朝綱，朕就封他做大將軍！」劉辯歡喜地說道。

「不可！陛下萬萬不可如此！楊奉雖然有反叛馬騰的心思，但是此人心術不正，也太過貪婪，加上部下將領都各懷鬼胎，不能太過信任，**陛下只可利用，不可信賴。**」楊彪急忙勸阻道。

王允道：「楊太尉說得極是，不過請陛下放心，臣已經了然於胸。只要等楊奉率領大軍一到，便可以據虎牢關將馬騰父子堵在關東，如此一來，臣再動之以情，曉之以理，遊說關中、涼州各郡太守，則大漢朝綱即可恢復，到時候陛下就可以親臨朝政！」

「太好了，王愛卿，有你真是朕的福氣啊。」

「所以，請陛下暫時忍耐一段時間。」

「好，朕忍耐，朕等著朝綱恢復的那一天。」

大廳外面，一個太監將劉辯、王允、楊彪、馬日磾等人的談話聽得一清二

楚，聽完，便急忙跑開了。

虎牢關的城守府裡，張繡、王雙正在喝酒吃肉，忽然見一個太監闖了進來，定睛一看，是安排在劉辯身邊的人，張繡便放下手中的酒肉，問道：「陛下那邊又有什麼消息？」

太監於是將自己所聽到的消息稟告給張繡和王雙。

王雙聽後，立刻暴跳如雷，大聲嚷道：「王允安敢如此？」

「賢弟且勿動怒，王允的如意算盤打得倒是不錯，不過，既然事情被我們知道了，就絕對不能讓他們得逞。」張繡笑著說道。

王雙問道：「兄有什麼計策嗎？」

「當務之急，是勒令楊奉停住腳步，再將此事稟告給大王和涼王，請涼王坐鎮虎牢關，並且召見楊奉來虎牢關，趁機殺掉，則危機可除。」張繡道。

王雙皺了眉頭，說道：「兄的計策太過緩慢了，只怕遷延時日，走漏了風聲。而且楊奉正在行軍途中，突然接到停止前進的命令，怕會引起他的多疑，何況大王和涼王正在官渡和魏軍對峙，不可再以他事讓其分心。

「以我之見，什麼都不用做，就等著楊奉到來，然後你我兄弟宴請楊奉，在酒宴上殺掉楊奉，將楊奉、王允一黨全部一網打盡，則危機自解。楊奉所帶之兵，皆是不中用的草包，以兄北地槍王的威名，完全可以震懾住這七萬大軍。兄以為此計如何？」

張繡點了點頭，說道：「賢弟妙計！」

這時，只見從大廳外面走進來了一個大漢，那大漢身長九尺，體型健壯，披散著一頭亂髮，一身白色的輕便戰袍已被撕得稀爛，污穢不堪，肩頭、胸前都血跡模糊，腳上的戰靴也脫落了，光著一雙淌血的大腳，一進入大廳便倒在地上。

張繡見狀，急忙一躍而起，快步走到了那大漢的身邊，扶著那大漢問道：「胡車兒，你怎麼搞成這副模樣，是不是雙鐘嶺出什麼事了？」

來人叫胡車兒，是張繡部下的一員將領，力大無窮，武藝也不錯，被張繡派去守備從卷縣通往虎牢關的必經之路雙鐘嶺，就是為了防止燕軍偷襲虎牢關。

他此時上氣不接下氣，眼中淨是恐懼的神情，哭喪著說道：「三千弟兄啊……一夜之間，竟然全都沒了，那地方有鬼，有鬼……」

「你胡說些什麼？那地方怎麼會有鬼？到底發生了什麼事？」張繡聽胡車兒含糊不清的話，緊張萬分地說道。

「將軍，我見到鬼了，是個白髮鬼，那白髮鬼太可怕了，帶著一群鬼，一夜

之間，我的三千弟兄就全沒了……」

王雙這時走了過來，看到胡車兒神志不清，便對張繡說道：「兄不用再問了，看來胡車兒是被嚇壞了，不管是人是鬼，總之雙鐘嶺出事了，兄留在這裡坐鎮虎牢關，我帶人去雙鐘嶺看看。」

「不！你留下，我去雙鐘嶺。死的都是我的部下，我要親眼看看我的部下是怎麼死的。」張繡說完這句話，便揚長而去。

王雙見張繡走了，自己則讓人將胡車兒抬下去好生調養。

張繡騎上一匹快馬，點齊三千騎兵，便火速出了虎牢關，朝著東北方向的雙鐘嶺奔馳而去。

王允剛從劉辯那裡出來，便看到張繡急匆匆地出城去了，心中暗想道：「張繡如此匆忙，難道是有事情發生？」

他一想到這裡，便急忙回到住處，揮筆便寫下一封密信，催促楊奉快點進兵，讓心腹之人秘密送出了虎牢關。

微風拂面，空氣中夾雜著令人作嘔的屍臭。

張繡站在雙鐘嶺的高坡上，向小山丘下面的黑樹林看去，只見陰暗的樹叢中無數屍體匍匐著堆積在一起，原本平靜美麗的樹林已經成為人間地獄。

山崗腳下面有一棵最為粗壯的大樹，張繡的族弟就躺在那兒，他歪倒在樹下的草叢中，身體蜷縮成一團。他的頭盔碎裂，凝固的鮮血將鐵青的臉染紅了一半，雙眼無神地望著張繡，面容由於痛楚與絕望而扭曲。

默默地看著早已斷氣的族弟，張繡心中無法平靜下來，戰死沙場或許就是身為一個軍人的宿命，但是這樣的死法，未免太過殘忍了吧。

張繡策馬下了高坡，對身後跟隨著的士兵大聲地喊道：「將陣亡的將士們就地掩埋，四處搜索一下，看看有沒有敵人的屍體。」

「諾！」

張繡又看了眼族弟，最後不忍繼續看下去，扭頭走開。

忽然，有東西在張繡的眼角閃過，他勒住馬匹，偏過頭一看，不禁有些驚訝，在他的右手邊也是一棵大樹，樹下一個士兵歪倒在草叢中，身體蜷縮而死，同樣是頭盔碎裂，鮮血染臉，竟和他的族弟的死狀一模一樣。

他不由得心中一動，仔細掃視了一下四周，發現但凡是在大樹下陣亡者，死狀大都是如此。

「怎麼會如此巧合？」

懷揣著一絲疑心，張繡從馬背上跳了下來，走到樹下士兵的屍體旁，取下士兵碎裂的頭盔，死人的頭顱上凹陷了一大塊，顯然遭受到致命重擊。

他又回到族弟倒地的地方，仔細審視一下傷口，發現兩人的傷口位置與大小幾乎完全一樣，顯然是在同一角度被同一類型的兵器所傷。

「敵人究竟用的是什麼兵器，竟然會頭頂受創？」

張繡抬頭看去，大樹參天，茂密的枝葉幾乎擋住了天空。

正當他疑惑不解的時候，忽然發現樹幹上有一滴黏稠的血液，他像是想到了什麼，將手中的銀蛇槍拋給一個士兵，自己則迅速地爬上了大樹。

剛爬上大樹，他就發現了蛛絲馬跡，樹幹的橫枝上留著泥土，樹幹上還殘留一點點醬紫色的東西。

他伸手摸摸橫枝的泥土，這分明是地上的濕土，被敵人黏在鞋底帶到了樹上。他又用手指擦了擦那醬紫色，觸摸上去感覺有點黏，放在鼻子下面嗅了嗅，一股血腥氣撲鼻而來。

「原來敵人在突襲前的藏身之處，還有得手後的逃逸路線，竟然全在樹上進行！」張繡最終得出了結論。

可是這個結論讓他更加的疑惑不解，他從樹上跳下來，自言自語地道：「尋常士卒根本不可能做到這一點，究竟是什麼人有如此手段？」

「稟報將軍，死屍清點完畢，我軍陣亡整整三千人。」

張繡點了點頭，問道：「敵人的屍體有多少？」

「額……」來人支支吾吾的，面帶難色。

「說話啊，敵人的屍體一共有多少？」

「啟稟將軍，整個戰鬥現場，並未發現一具敵人的屍體。」

「你說什麼？」

張繡震驚了，瞪大了自己的眼睛，不敢相信地道：「你再說一遍！」

「整個……現場並未發現一具敵人的屍體……」

張繡倒吸一口冷氣，他這支部隊雖然不隸屬於幽靈軍，但是也都是從西涼精挑細選的武人，三千人在一夜之間被全部擊殺，而且敵人還能做到不留下一具屍體，那麼對方的強大可想而知。

想到這裡，張繡覺得心頭壓力倍增，胸口異常鬱悶，緩緩想道：

「此番敵人準備周密，實力強大，一點也不亞於大王帳下的幽靈騎兵，甚至比幽靈騎兵還要強，如果敵人的目標是虎牢關的話，**單單憑藉著虎牢關內一萬士兵，真的能夠擊敗這股強敵麼？**而且，到目前為之，**敵人到底有多少人都還搞不**

清楚，還有敵人的來路也不清楚，我明敵暗，我該怎麼辦？」

抬起頭，只見似血的殘陽將天空映得一片猩紅。

「啟稟將軍，發現了一小撮白髮，同時在那邊的樹幹上發現了敵人留下的字跡。」一個士兵手裡拿著一小撮白頭髮，交到張繡的手裡，道。

張繡接過白髮，看了一眼，腦中突然想起胡車兒所說的「白髮鬼」，心中一怔，暗道：「難道真的是有鬼的？」

「不可能，如果真的是鬼，樹幹上又為什麼會留下足跡？」

張繡越發迷惑，緊緊地握著那一小撮白髮，問道：「字跡在哪裡，快帶我去。」

士兵將張繡帶到一棵大樹邊上，只見樹幹上刻著四個清晰的大字——燕國飛羽。

「燕國飛羽……燕國飛羽……」

張繡默默地將這四個字在嘴裡誦讀著，前兩個字不言而喻，直接挑明來人是燕國的，但是後面兩個字卻讓他想了好一會兒時間。

剎時，他腦海中閃過「飛羽軍」三個字，登時明白了敵人的來歷。

「將軍，現在我們該怎麼辦？」一個軍司馬問道。

張繡道：「天色已晚，我們又奔馳了大半天，人困馬乏，先將屍體掩埋了，然後在這裡休息一夜，明天一早再回虎牢關。」

「諾！」

掩埋完所有的屍體後，已經是深夜了，眾人吃了點隨身攜帶的乾糧，將馬匹集中拴在一起，點燃篝火，這才開始休息。

有了前車之鑒，張繡不敢大意，派出人夜間放哨，這才和自己的部下睡在了一起。

到了後半夜，負責放哨的士兵也睏得不行，見沒有什麼事，甚至連貓頭鷹的叫聲都聽不見，忍不住閉上眼，決定先瞇一會兒。

月朗星稀，整個樹林裡靜悄悄的，躺在樹下的張繡等人，由於白天的長途跋涉，加上掩埋屍體消耗的體力，一經睡著，就像一頭頭死豬一樣。

沒過多久，傳來了一聲貓頭鷹的叫聲。

之後，又是死一般的寂靜。

又過了一會兒，從空中掉落下來一顆小石子，擊撞在一個士兵的兵刃上，在這寂靜的夜裡，發出了一陣很響亮的嗡鳴。

可是，睡熟的士兵們絲毫沒有在意，繼續做著他們的美夢。

在這之後，又安靜了很長一段時間。

到了丑時，突然有許多黑影出現，碧綠的樹葉為之震落，樹林裡的噩夢也就此開始了。

「轟……」

悶響聲不斷的傳來，鈍器和金屬碰撞的聲音如同狂風驟雨般的從西涼兵的邊緣向中間聚集，而那些被鈍器砸中的西涼兵，還沒有來得及叫喚一聲，便頭骨碎裂，一命嗚呼了。

響聲隨即驚醒了正在熟睡中的西涼兵，一個西涼兵剛揉了揉朦朧的睡眼，還沒反應過來是怎麼回事，頭部便被鈍器擊中，鮮血迸裂開來，濺在其他士兵的身上。

「敵襲！敵襲！敵襲！」西涼兵終於發現了異常，大喊了起來。

張繡正在熟睡，忽然聽到部下的大叫，他的身體隨即像豹子般爬上了樹幹，挺著懷中抱著的長槍，橫在周身，定睛看到從草叢裡、樹洞中、陰影下躍出了許多黑影，正在任意的宰割著驚慌失措的他的部下。

他注意到那些黑影身手敏捷，行動迅速，出手更是乾脆俐落，毫不拖泥帶水，所過之處鮮血亂飛，他部下士兵的人頭一顆顆的飛舞到了高空中。

黑夜中，他看不到黑影到底有多少，也不知道到底來了多少敵人，一切都亂了。

正在這時，從樹林的深處傳來一聲巨大的嘶吼聲，那聲音像是野獸的咆哮，緊接著，他便看到一團白色的物體，以極其迅猛的速度在樹上跳躍著向他奔馳而來。

他瞪大了眼睛，可巧這會兒烏雲蓋月，天地之間陷入了最為黑暗的時候，加上樹葉的遮擋，使得整片樹林伸手不見五指。

但是，那團白色的物體卻依然以極為輕快的速度向他逼來，他緊緊地皺著眉頭，尚未臨戰，心中已經生出了膽怯，「白髮鬼」這三個字突然浮上了心頭。他強壓住了心中的恐懼，在樹幹上站穩，橫槍在胸前，暗暗地想道：

「白髮鬼，你究竟是何方神聖？」

樹下魂飛魄散的西涼兵還未來得及擺出防禦的姿勢，就已濺血倒下。樹林中喊殺、怒吼、驚呼和慘叫此起彼伏，兵刃交擊的清音中夾雜著骨肉分割斷裂的悶響，鮮血染紅了樹林中的草地。

樹上，張繡緊緊地盯著那個向他逼近的白色物體，只覺得死亡的氣息越來越逼近了。他咕嘟一聲吞了一口口水，心跳也加快了，面對迅猛異常的白色物體，他整個人已經在氣勢上輸了一陣。

「唔！」白色物體突然大吼了一聲，吼聲如同猛獸的咆哮，又如同是死神的召喚，沙啞中帶著一種不可抗拒的力量，朝著張繡撲了過去。

「來者何人，報上名來！」

由於恐懼，張繡連最後的一點底氣也輸掉了，喊出來的話也沒有一點力道，加上樹林中嘈雜的叫喊聲，聲音彷彿石沉大海一樣。

「轟！」

一聲劇烈的響聲，白色物體便落在張繡前面的一個樹幹上，由於黑暗，他看不清楚白色物體手裡拎著什麼東西，但是可以看得出來，白色物體是雙手握著物體的。

此時，夜空中的烏雲散去，月光逐漸射向這片樹林，不等那光束射到白色物體的時候，他已經借力一躍，揮舞著手中的物體向張繡撲了過去。

張繡從這白色物體一出現，便做好了防備，此時見對方氣勢洶洶的逼來，他不敢迎戰，身子向後一躍，便跳到後面一棵樹的樹幹上，由於著腳的力度太大，使得樹幹承受不起，搖晃了兩下，差點把他從樹上跌下去。

「轟！」

白色物體踩在了剛才張繡站立的地方，此時月光的光束照射在了白色物體的身上，露出了一張猙獰的面孔。

「典……典韋？」

張繡看到那張臉，登時吃了一驚，**吃驚的不僅是因為典韋變成了滿頭白髮，還有典韋為什麼會和燕國的飛羽軍攪和在一起。**

典韋雙目如炬，手中握著兩把墨色的大鐵戟，惡狠狠地盯著張繡，腳下一用力，便再次凌空躍向了張繡。

他自幼生活在密林大川中，以格殺猛獸為生，縱然身披鐵甲，他依然可以在樹枝上活動自如，穩穩地從一棵樹跳躍到另外一棵樹上。

張繡見到典韋這種模樣，不敢接招，急忙又向後跳躍而出。

忽然，背後出現了一條握著短刀的黑影，他心中一驚，急忙將銀蛇槍擲出，直接插進了那黑影的心窩內，黑影立刻斃命。

可是，他使出的力道未去，銀蛇槍帶著那具黑影一起插進了樹幹上。

他借力上躍，雙臂緊緊地抓住銀蛇槍，在空中來了一個三百六十度的旋轉之後，用力拔掉銀蛇槍，身體順著樹幹飄落而下，回到了地面上。

就在落地的短短一瞬內，張繡已看清飛羽軍的衣著打扮，統一的黑色夜行衣，他們背負兩柄環首刀，手拿一把較大的羊角錘，大概是為了活動自如，都沒有披甲。

他刺死的那具黑影的屍體還未落地，另兩名黑影從樹上飛快地向他衝過來，他們在樹枝之間跳躍，就好像兩頭無聲無息滑翔的蝙蝠，剎那間人到眼前，雪片般的刀光自他們手中撒出，交織成一張死亡的網，立刻將張繡層層包裹，而兩個人的面容也映入了他的眼簾，竟然是龐德、管亥。

「唔！他是我的，誰也不能跟我搶！」典韋虎視眈眈地站在樹幹上，看著龐德、管亥合力攻擊張繡，立刻大叫了起來。

「叮叮噹噹」的聲音不斷發出，張繡身體周圍火星四濺，龐德、管亥揮舞著鋼刀，配合默契的攻擊著張繡。

忽然，三個人的頭頂上都感到了一股從未有過的壓力，而且兩股凌厲的力道迅猛地落下，如果不及時躲開的話，只怕會立刻喪命。

龐德、管亥二人對視了一眼，心照不宣地縱身躍開。

張繡腳下一個踉蹌，還未穩住身形，一縷勁風從左上方筆直地劈了下來，他深吸了一口氣，知道典韋殺到，想躲開已經為時已晚，眼看就要死於非命，他靈機一動，百鳥朝鳳槍中的一招「鳳毛麟角」立刻斜刺了上去，朝天一槍，槍頭不停地抖動，刺向了典韋周身要害。

「錚錚錚……」

一連串的火星迸濺了出來，空中下落的典韋雙鐵戟進行了格擋，放棄了剛才的殺招，使得張繡有了喘息的機會，急忙抽身後退，遠遠地離開了典韋。

當他站定腳步時，自己的部下便全部彙聚過來，整整三千人，在短短時間，竟然陣亡了一千多人。

他的對面已經看不到任何一個黑衣人了，只有白色頭髮的典韋如同一尊神祇一樣的站著，**他的眼神似蒼鷹、似黃狼，似猛虎，卻惟獨不像人，黑色眼珠裡帶有一種狂野的凶猛與嗜血的期待！**

突然，一絲笑意慢慢地從典韋的嘴角擴散開來。

人影晃動了一下，典韋便消失在張繡的面前。

「將軍，上面有……」一個士兵還沒有喊完話，便從樹上掉落下來一個重錘，直接將他砸死了。

張繡驚恐萬分，因為他抬頭的時候，正好看到典韋站在樹幹上。上一刻典韋還在地面上，此時竟到了樹幹上，這種完全沒有任何聲息的行動，給予張繡一種疑幻似真的錯覺，好像處於一個永遠不會醒來的噩夢。

「鬼厲，不可魯莽！」一個黑影從不遠處急速地跳躍過來，那身手竟然比典韋還敏捷，只幾個起落便站在典韋的面前，手中持著一桿長槍，在月光的映照下，露出了英俊的面孔，正是**趙雲**。

「唔……我想殺那個人……」典韋不情願地指著張繡說道。

「鬼厲，忘記我跟你說的話了嗎，如果你不聽話，我就不給你飯吃，沒有飯吃，你就會餓死，那麼你永遠也無法殺死馬超了。」

「不……不不……我要吃飯，我要殺馬超。」典韋瘋瘋癲癲地說道。

「那你就要聽我的話，你放心，我把馬超留給你來殺，絕不食言。」趙雲像是哄小孩一樣，伸出了一根手指頭，「拉鉤。」

典韋還真就像個小孩子似的，伸出了手指跟趙雲拉了一下勾。

拉完勾之後，趙雲將長槍一揮，大喊了一聲：「散開！」

只見樹上的黑影不斷的跳躍著，樹葉紛飛，黑影晃動，讓站在地面上的人看得目不暇接，正在確定敵人身在何處之時，便有無數支弩箭朝他們射了過來。

「哇……」

箭矢如蝗，密集地射下，西涼兵接二連三的中箭身亡。一波箭矢後，樹上停止了晃動，正當大家都在尋找敵人的藏身之處時，更加密集的箭矢射了下來。

趙雲等人手裡都拿著一把連弩，居高臨下的他們已經在樹上完成了對西涼兵的包圍，由於拿著連弩，二百個人不停扣動弩機所射出去的箭矢，猶如是兩千弓箭手在射箭一樣。

慘叫聲不斷，張繡一邊撥擋著箭矢，一邊大聲喊道：「撤退！快撤退！」

西涼兵開始在恐懼中撤退，慌不擇路地牽著戰馬就跑，有的甚至連戰馬都沒有牽走，便跑得無影無蹤了。而趙雲等人則在後面一路掩殺，追出去了一段路程後，便不再追了。

第八章

虎牢關

「好，出發，目標虎牢關，前進！」趙雲見大家都準備的差不多了，便下令道。

「威武！」眾人齊聲叫道，響聲響徹山林，驚走了山林中的鳥獸奔飛。

乘著夜色，二百個人在趙雲的帶領下，迅速地下了山坡……

平明時分，趙雲帶著典韋、龐德、管亥、盧橫、李鐵等二百個人一起越過了雙鐘嶺，策馬狂奔在通往虎牢關的道路上。

兩天前，趙雲等二百人抵達了雙鐘嶺，知道前面有一撥三千人的駐軍藏身在密林裡時，當即便制定了夜襲的計畫。夜襲成功之後，趙雲等人並未退去，而是繼續潛伏在這片密林裡，等待著西涼兵的到來，予以伏擊。

行動很成功，除了被張繡殺死的那個士兵外，再無任何傷亡，算上瘋癲的典韋，剛好還是二百人。

這一次，他們收拾完樹林中的死屍後，弄齊了一整套的西涼兵的裝備，便立刻上馬，飛奔虎牢關，準備實施下一步的計畫。

張繡帶著敗軍退回到虎牢關時，已經是午後了，他們又累又餓又睏，雖然已經到了虎牢關，但是大家一想起昨夜發生的事情來，都心有餘悸。

他讓士兵休息，自己則去了城守府，見王雙和胡車兒正在大廳裡，便急忙說道：「賢弟啊，快快傳令下去，讓全城士兵嚴加防範……飛羽軍來了……」

王雙見張繡蓬頭垢面的，看上去十分的狼狽，便問道：「兄為何會變成如此模樣？」

「飛羽軍……都是飛羽軍做的，沒想到當年的傳言是真的，飛羽軍真的是太厲害了……」

王雙的年紀要比張繡小好幾歲，只和馬超差不多大小，當年高飛在陳倉組建飛羽軍的時候，他還是個孩子，加上高飛在涼州待的時間很短，所以他壓根就沒有聽聞過飛羽軍的事情。

他聽張繡一直在提及什麼飛羽軍，便問道：「飛羽軍是什麼？」

「飛羽軍是燕侯高飛六年前在陳倉組建的，當時選拔的都是來自涼州一帶的精壯之士，在陳倉山中加以訓練，是一支精兵。當時我還在武威當小吏的時候，正好遭受北宮伯玉等人的判亂，羌胡勢大，幾乎占領了涼州全境，後來高飛奉命討伐逆賊，所帶的精兵裡面，就有飛羽軍。

「**也正是因為有飛羽軍的存在，高飛才能在涼州打了好多勝仗，也奠定了他在河北稱霸的基礎**。後來，隨著高飛的逐漸強大，飛羽軍也銷聲匿跡了，原以為那些人都已經死絕了，沒想到居然會在這裡遇上他們。這些人各個都身手矯捷，在山林之中行走如履平地，我若不是脫身的早，只怕賢弟就見不到我了。」

王雙聽完之後，問道：「飛羽軍真的有那麼厲害？兄號稱北地槍王，難道飛羽軍裡還有人能打得過兄長的百鳥朝鳳槍的？」

「有，那人原本是曹操帳下的雙絕之一，可是不知道為什麼，他現在又在飛羽軍裡面了，而且還滿頭白髮，看著好像有點瘋瘋癲癲的……」

王雙問道：「雙絕之一？許褚還是典韋？」

「我們叫他典韋，可趙雲卻偏偏叫他鬼厲，弄得我也不知道他到底是誰了……」

「鬼厲？管他是人是鬼，虎牢關牢不可破，一夫當關萬夫莫開，讓那個什麼鬼厲或者是典韋來吧，老子定教他有來無回！」王雙不服氣地說道。

夜色漸漸深沉，虎牢關外的樹林中一片寂靜，經過一天的長途跋涉，眾人都有些累了，紛紛靠在樹邊休息。

趙雲靠著一棵大樹，昂首望天，天空中籠著一層薄薄的霧。他又看看周圍，大家都在休息，畢竟都累了一天了，何況一會兒還有場惡戰。

簡單的吃了點東西，趙雲便聽到一邊傳來怒罵聲，雖然很小聲，在這樣寂靜的夜晚裡，還是能夠聽得非常清楚。

他扭頭看了過去，見典韋解開了褲腰帶，正在當眾撒尿，周圍還有幾個人正在吃著東西，尿液似乎濺到了那幾個人的身上，引起一陣騷亂。

「鬼厲，你怎麼能當眾撒尿呢？」趙雲走了過去，其他人都離典韋很遠，並且臉上帶著極大的怒意，口中還不斷謾罵著典韋。

典韋已經提上了褲子，看到趙雲走了過來，便叫道：「我只是想撒尿而已。」

趙雲道：「就算要尿，也要到沒人的地方去尿，以後不管你是拉屎還是撒尿，都要遠離人群，到偏僻的地方去，知道了嗎？」

典韋很聽趙雲的話，點點頭，回到一棵大樹下面，坐在那裡仰望夜空，不再說話了，眼神中卻充滿了無比的天真。

趙雲走到那幾個人的身邊，說道：「你們別跟瘋子一般見識，現在大家都好好休息，到了子時還有一場惡鬥呢。」

「諾！」

「龐德、管亥、盧橫、李鐵！」趙雲回過頭，衝在前面不遠處坐著的四個人喊道。

「隊長有何吩咐？」龐德四人聽到趙雲叫他們，一起走了過來，抱拳道。

「龐德、管亥看好鬼厲，別讓他亂跑亂叫，盧橫、李鐵，你們看好鬼厲的兵器，只要兵器不在他手中，鬼厲就不會變得暴躁，我到林子外面去看看情況。」

「隊長，你放心去吧。」

別動隊裡都是飛羽軍最原始的成員，當年的飛羽軍只剩下這麼一點人了，其中官爵最小的也是校尉一級的，但是一進入到了別動隊裡，所有人都屏棄了官爵，彷彿又回到了幾年前大家在一起生活的樣子。

大家彼此都非常的熟悉，在作戰的配合上也都非常有默契，只需一個眼神的傳遞，便立刻明白對方所要表達的意思，而且他們還有一種特殊的手勢，所以在進行戰鬥的時候，根本不需要太多的語言，這也是為什麼他們能夠成功擊殺那麼多西涼兵而沒有一個人陣亡的原因。

趙雲起身跳躍到樹幹上，幾個起落間便消失在樹林中，不一會兒便到了樹林的邊緣。

他站在一棵大樹上向虎牢關裡眺望，只見虎牢關城牆上星火點點，守衛竟然比白天還多。

如果說虎牢關的關牆是肩膀的話，那麼他所在的地方正好是肩膀的上方，憑藉著這個高度，完全可以居高臨下的俯瞰虎牢關內的景象，將一切盡收眼底。

虎牢關還是那個虎牢關，但是在經歷過多次戰爭的摧殘後，除了還留有幾座像樣的府宅和城牆之外，關內的兵營、建築早已不復存在。

趙雲看到關內營帳遍地，篝火重重，士兵們密密麻麻的在篝火前開懷暢飲。略點下人數，竟有五千人之多。

他皺起眉頭，如果硬拼的話，肯定會損失慘重。

「隊長，別看了，下來吧！」一個聲音在樹下響起。

趙雲朝下望去，看見盧橫站在樹下，便跳下樹來，剛好落在盧橫的身邊。

「我知道隊長心裡在想什麼，這麼多的士兵，如果硬拼的話，肯定是不行的，而且我們一會兒還要帶著天子一起出來，天子養尊處優，可不像我們一樣能夠飛簷走壁上竄下跳的，對不對？」盧橫笑道。

趙雲道：「你來找我，不單單是為了告訴我你猜中了我心中所想的事情吧？」

盧橫點點頭，道：「要想帶出天子，就得智取，屬下想到了一個計策，所以來找隊長商量商量。」

「嗯，你說說你是怎麼想的？」趙雲問。

盧橫道：「隊長應該到過虎牢關吧？」

趙雲聞言，點頭道：「到過，最近的一次，是在兩年前了，那次是討伐呂布的時候，我進去過一次。不過，現在的虎牢關，跟兩年前的虎牢關已經大不相同了。」

「隊長既然到過虎牢關，肯定對裡面的地形非常瞭解，所以，屬下想帶五十個人去吸引敵人，等到大批敵人被屬下引出虎牢關時，隊長便可趁機而入，將天

子帶走。」

「**你是想調虎離山？**」趙雲問。

「就是這個意思，屬下沒有讀過什麼書，認識的字也是主公教的，所以從我說出來的話不如隊長簡潔。」

趙雲皺起眉頭，道：「計倒是好計，只可惜我們人數不夠，單憑五十個人，根本無法引出大批敵人。」

盧橫嘿嘿笑道：「隊長，你放心，屬下自有辦法引出敵人，五十個人綽綽有餘。」

趙雲見盧橫信心滿滿，便道：「虎牢關內有張繡和王雙，這兩個人是馬超帳下四大將之一，昨夜在雙鐘嶺的樹林裡，我親眼看到了張繡的身手，他竟然會百鳥朝鳳槍……百鳥朝鳳槍是我師父年輕時的成名絕技，曾經收過兩個徒弟，並且將百鳥朝鳳槍的槍法盡數傳給了他們，所以，天下會此槍法的，除了我師父和我之外，就只有我的兩個師兄。也就是說，**張繡就是我的師兄，難怪他號稱『北地槍王』**。」

盧橫好奇地道：「隊長，張繡是你的師兄，難道你之前不認識他嗎？」

「我是我師父的關門弟子，我拜師的時候，我的兩個師兄早已離開了，而且這件事也是我師父臨終時才告訴我的，但他沒有說名字，所以我並不知道誰是我師兄。也是昨天晚上我見到張繡和典韋對戰時使出的一招槍法，我才看出門道的。」

盧橫皺起了眉頭，問道：「難怪昨天夜晚隊長特意支開了典韋，不讓典韋大開殺戒，原來張繡是隊長的師兄……」

趙雲聽出盧橫話裡有不滿之意，一臉羞愧地道：「我現在也後悔莫及，當時只是感到很詫異，突然遇到自己的師兄，居然還是敵人，稍稍動了惻隱之心。等這件事辦完，回去我自會向主公請罪。」

「那倒不必，主公若是知道了，免不得會對隊長小懲大戒，但這是人之常情，如果是我的話，我也會做出和隊長同樣的事。隊長，主公這次派我們來的目的是為了搶奪天子，行動只許成功不許失敗。如果隊長下次再遇到張繡的話，還請隊長不要手下留情，看他那樣子，也不會歸順主公，而且西涼兵正處於優勢當中，張繡根本不會考慮這個問題，所以，勸降也就免了。」

趙雲聽到盧橫這番話，欣慰道：「多謝你的理解，你放心，如果再讓我遇到張繡的話，我不會再有惻隱之心的。盧橫，離子時還有一個時辰，你到林中先休息一下，養精蓄銳，待會必會有一場大戰，會消耗不少體力。你的提議我接受

了，咱們就來個調虎離山。」

盧橫道：「隊長，主公對你是非常信任的，所以，主公信任的人，我盧橫也同樣信任……」

話只說一半，盧橫就不再說了，向趙雲抱了抱拳，轉身朝林子裡走了過去。

趙雲聽出了盧橫的話外之音，長吐一口氣，走進林子裡。

及近子時，大家都在擦拭著兵器，紛紛摩拳擦掌，剛才短暫的休息過後，大家的體力都恢復了過來。

李鐵抱著雙鐵戟，將雙鐵戟扔在典韋的面前，道：「鬼厲，筷子給你，今天晚上將有一頓大餐等著你去吃呢，到時候喝酒吃肉都隨便你，盡情的吃，我保證，絕對沒有人會攔你。」

典韋本來還是愁眉苦臉的，一看到雙鐵戟，登時高興無比，那用烏黑的鑌鐵打造而成的雙鐵戟已經沾滿了紫醬色的東西，聞著還有一股腥臭味，可是他拿在手裡之後，竟然伸出舌頭，舔舐了一下雙鐵戟，眼神也在那一刻變得凶戾起來。

「好，出發，目標虎牢關，前進！」趙雲見大家都準備得差不多了，下令道。

「威武！」眾人齊聲叫道，響聲響徹山林，驚走了山林中的鳥獸奔飛。

乘著夜色，二百個人在趙雲的帶領下，迅速地下了山坡。

夜色昏沉黑暗，大自然好像穿著喪服，整個大地一片黑暗。

虎牢關東門外的一片樹林裡，趙雲等人已經做好準備，望著虎牢關城牆上的守兵都有點疲憊了，便小聲說道：「一會兒按照原計劃進行，任何人都不得出紕漏，明白了嗎？」

眾人都點點頭，只有典韋一個人在那裡憨笑。

趙雲急忙捂住典韋的嘴，瞪了典韋一眼，說道：「鬼厲，尤其是你，一定要緊跟在我的身邊，你要是不聽話，就不讓你吃飯。」

發了瘋的典韋，就像一個智商三歲的孩子一樣，先是點點頭，在趙雲鬆開他的嘴後，嘴裡不停說道：「鬼厲不要不吃飯，鬼厲要吃飯，鬼厲一定會聽你的話的……」

趙雲道：「想吃飯的話，就閉上你的嘴，敢吵一句，我就不給你飯吃。」

典韋還真用雙手捂住了嘴，不再說話了。

「盧橫，一會兒就看你的了。」趙雲拍了拍盧橫的肩膀，道。

盧橫道：「隊長放心，我有的是辦法。」

話音一落，他便帶著早已挑選好的四十九個人迂迴到虎牢關的邊緣地帶，然後在樹林和山體相連的縫隙裡，貼著山壁慢慢地移動到虎牢關的城牆下面。

趙雲等人伏在虎牢關城門對面的樹林裡，映著城牆上的火光，可以看到盧橫和他帶領的四十九個人一起疊起了羅漢，最下面站了五個人，然後四個人踩著這五個人的肩膀，之後是同樣的方法，接二連三地上了幾個人。

士兵疊起來的羅漢一共高四層，最下層五個人，上面依次是四個、三個，兩個，十四個人完全站直身體，高度和城牆差不多，最難受的人當屬最底層的五個人。

盧橫等這些人站好後，急忙躍起身子，以敏捷的身手爬到頂層，半蹲著身子，剛好和城垛的高度持平。

城牆上的士兵往來如故，對在城牆下面發生的一切渾然不知。

盧橫正想爬上城牆，卻見一個士兵剛好走了過來，一聲重咳後，對牆下就吐出一口痰。

那士兵吐痰的瞬間，脖子伸出牆外，一眼瞅見貼在牆上的盧橫，驚嚇之後，「啊」的一聲大叫，挺槍便刺。

盧橫反應迅速，當下用手鎖住那士兵喉頭，一聲脆響後，士兵被盧橫擰斷脖子，盧橫將手向下一沉，把士兵拉出牆外，借勢躍身，翻身落在城牆上。

其他士兵見狀，紛紛挺槍來刺，盧橫左閃右避，雙手卻在縫隙間鎖住兩個士兵喉頭，兩名士兵便倒地斃命。

其他士兵見盧橫如此身手，非但沒有害怕，反而一擁而上，正當他們握著兵器攻向盧橫時，卻不想與他們相隔不算太遠的城牆上，接二連三地出現了好幾個黑衣人。

黑衣人盡皆戴著一副面目猙獰、露著獠牙的面具，手中握著短刀，一上城牆，便刺殺了好幾名敵人，在城牆上奪取了一席之地。

這時，一個士兵急忙跑到鐘鼓樓，拿起鼓槌準備敲響大鼓，卻不想盧橫抽身而出，手中握著的短刀在那個士兵面前一閃，一顆人頭便掉落在地上。

黑衣人一共上來了十名，他們背靠著背，並肩作戰，在城牆上殺得昏天暗地，身經百戰的他們，無論是從出手的角度還是攻擊的速度，都力求一招斃命，是以短短一會兒時間，城牆上百餘名守兵便全部被幹掉了。

城牆上的打鬥聲引來另一撥巡邏的守兵，見到敵人來了，立刻大聲喊道：

「有刺客！有刺客！」

盧橫不管這些，將身上帶著的繩子拋下城牆，將其餘的人都拉了上來，很

快，狹窄的城牆上聚集了一群穿著黑衣、蒙著臉的人，二話不說，迎著那撥士兵便衝了過去。

鮮血濺灑在城牆上，到處都充滿了血腥味，城牆上斷肢殘體隨處可見，盧橫等人瘋狂的殺戮著，在城牆上殺出了一片天地。

盧橫看到虎牢關內城門邊上的營房裡，睡熟的士兵都被驚醒了，連戰甲都來不及披上，便拿著兵器朝城門這裡奔了過來，他當機立斷，下令道：「擂鼓！」

鼓聲「咚咚咚」的響了起來，將整個虎牢關內的士兵都驚醒了，本來寂靜的夜晚，在戰鼓被擂響的那一刻整個沸騰了。

趙雲、龐德、管亥、李鐵等人都換好了裝，看著盧橫帶著人在城牆上激戰，都迫不及待準備衝鋒陷陣。

典韋手中緊緊握著雙鐵戟，眼神如狼似虎的看著城牆上不斷湧來的士兵，讓他不知不覺便產生了一種憤怒。

「嗖」的一下，典韋拿著雙鐵戟快步地跑出了樹林，一邊跑著，一邊大叫道：「我要吃飯……我要吃飯……」

「回來！你給我回來！」趙雲見典韋擅自衝了出去，急忙叫道。

可是，典韋身體快速移動著，耳邊雖然響起趙雲的吼聲，此時他卻恍若末聞。

「隊長，典韋跑了，我們該怎麼辦？」李鐵問道。

「此事的成功與否和典韋無關，在於我們怎麼做，我們不能將希望寄託給一個瘋子，不管他去幹什麼，就讓他去吧，只要是去殺西涼兵，就是在幫我們。一切按照原計劃進行，等盧橫將敵人給引出來。」趙雲說道。

「諾！」

虎牢關內。

張繡、王雙正在城守府裡，忽然聽到隆隆的戰鼓聲，立刻慌了神。還沒等他們走出去，便見一個士兵跑了進來，當即稟報道：「啟稟兩位將軍，有刺客，城牆已經失陷了。」

「來了多少人？」張繡急忙問道。

「大概有五十個黑衣人……」

「五十個？開什麼玩笑，五十個人怎麼可能將有三百人駐守的巡夜城防兵給打退？」王雙質疑道：「你沒有看錯吧？」

「屬下絕對不會看錯的，駐守城牆巡夜的那三百名士兵，不是被打退

了，而是已經全部死在了刺客的手下，目前去奪回城牆的士兵都是其他各部的士兵。」

王雙聽後，皺起了眉頭，對門外的一個親兵喊道：「取我的大刀來！」

張繡道：「賢弟不可大意啊，我昨夜我就吃了虧，以為敵人走遠了，沒想到他們壓根就沒走，還在樹林裡，結果被偷襲了，去了三千人，回來只剩下一千多人。那五十個人肯定是飛羽軍的人，不然戰鬥力不會那麼強，這次到底來了多少飛羽軍，你和我都不知道，我們不能貿然行動，賢弟只需將那些人擊退便可，千萬別去追擊，萬一中了埋伏，能不能活著回來就是另外一碼事了。」

「哼！兄太過膽怯了，飛羽軍再怎麼厲害，也厲害不過我的大刀。兄既然害怕了，就留在城裡吧，我自己一個人去便可，我就不信，飛羽軍真的比大王的幽靈軍還厲害？」王雙不信地道。

張繡聽到王雙的話，怒道：「我不是膽怯，我是好心提醒你，而且那個典韋也在，他的武藝可不是蓋的……」

「我的武藝也不是蓋的，你號稱北地槍王，我看不過是虛有其表而已，看我今天取典韋和飛羽軍的人頭，到時候我就是西涼刀王，然後我們比試一場，輸的那個，就拜贏的那個為師！」

王雙初生牛犢不怕虎，他連馬超都不害怕，還會怕誰?!

說完，幾名親兵便抬著他的大刀走了過來。

王雙一把抓住那把頗重的大刀，冷哼一聲，道：「都是些沒用的傢伙！都給我閃開，老子要去建功立業。」

張繡見王雙衝了出去，冷笑了一聲，道：「太沒大沒小了，大王當初怎麼沒有一刀殺了他？」

氣歸氣，但是張繡還是明白事情的輕重緩急，看著王雙的背影消失後，這才起身離開大廳，先全身披掛一番，然後帶著自己的兵器，騎上馬，便離開了城守府，去劉辯所在的行轅內。

劉辯在行轅裡焦急萬分，不知道出了什麼事，當時戰鼓聲一響起，一對士兵便衝了進來，將劉辯給隔絕起來，顧名思義是保護陛下，實則是張繡派去軟禁劉辯的，不准他再和任何人接觸。

不一會兒，劉辯便看到張繡來了，道：「這到底是怎麼回事，是不是外面發生什麼事了？」

「一群蟊賊而已，陛下不用擔心，王將軍已經帶人去收拾他們了，陛下只管安心在這裡，有臣在，定然能夠保護陛下安然無恙。」張繡答道。

劉辯隱約感到有一絲不尋常，見張繡眉頭緊皺，如果是尋常的蟊賊，張繡根本不會有如此表情，他暗想道，是不是有人來救我了?!

想到這裡，心裡充滿了期盼，但他不敢表現出來，大搖大擺地坐在龍椅上，對張繡擺擺手道：「那麼，朕的安危就交給張將軍了，請張將軍務必要保護好朕。」

「陛下放心，臣一定不負陛下厚望。」張繡抱拳答道。

劉辯道：「好了，你們都守在門外，朕還想再休息一會兒，都出去吧！」

張繡環視四周，見這裡並無其他人，點點頭，叫來兩個太監，吩咐他們伺候劉辯，這才離開劉辯的房間，帶人守在門外。

虎牢關城門附近，已經是腥風血雨了，不斷湧上來的西涼兵被盧橫等人堵在上城牆的階梯上，此時，盧橫等人拿起長兵器，排成整齊的一排長槍陣，面對敵人射來的箭矢，另有一些人就地撿起盾牌，堵在長槍陣的前面，為他們遮擋箭矢。

就這樣，五十個人分成兩撥，守在兩個登上城牆的階梯上，不停地刺殺著來犯的敵人。

為了搶奪被敵人占領的城牆，西涼兵紛紛使出渾身解數，弓弩齊發，密集異常，使得盧橫等人不敢露頭，只能從盾牌和盾牌間的縫隙裡瞅著來犯之敵。

「這樣下去不是辦法啊……」

盧橫看到密密麻麻的士兵彙聚成一團，正擁擠著登上城牆的階梯，不禁感到了很大的壓力。

「把屍體全部推下去！」盧橫急中生智，立刻命令士兵將堵在前面的屍牆用力推倒。

屍體堆積成的牆壁一經被推倒，立刻滾落下去，阻礙了那些西涼兵的步伐，但是並沒有取得太大的效果，反而讓西涼兵更加肆無忌憚的踏著屍體衝了上來。

正當盧橫愁眉苦臉在想是否撤退的時候，一頭白髮的典韋噌地一聲從城牆下竄了上來，面目猙獰的落在城牆上，掃視了一眼密密麻麻的西涼兵，他的瞳孔登時放大起來，發出一聲低吼，揮舞著手中的雙鐵戟跳到盧橫的身後。

他雙腳剛一著地，整個身子又急速彈起，飛越到了空中，揮著雙鐵戟向西涼兵密集的人群中砸去。

「轟！」一聲巨響，典韋的不期到來，頓時讓西涼兵頗感意外，一頭白髮再加猙獰的面容，在黑夜中格外的顯眼。

落下時，他巨大的身軀立刻踩死了幾名西涼兵，加上雙鐵戟帶來的殺傷力，

周圍一圈人都被他砍掉了腦袋，一時間頭顱亂飛，鮮血如河。

如果用電影畫面呈現的話，典韋就猶如一顆手榴彈一樣，直接將一片的人炸飛。

這等巨大的殺傷力，讓西涼兵吃驚不已，等他們反應過來舉槍還擊時，卻發現典韋已經縱起身子，在空中翻了幾個跟頭，直接落在城牆下的弓箭手群裡。

「轟！」

又是一聲巨響，措手不及的弓箭手們哪裡想得到典韋會從那麼遠的地方跳下來，還來不及拉弓射箭，以典韋為中心，直徑一米以內的西涼兵頭顱直接飛向了高空中。

「啊哈哈哈……」典韋嗜血成狂，享受著那種殺人給他帶來的快感，滿眼通紅，全身沾滿了血污，發出的聲音也如鬼怪般的哭泣，讓人聽了毛骨悚然。

剛剛帶兵從遠處前來支援的胡車兒，看到典韋不斷地在空中跳躍，每跳躍到一處，都是鮮血如注，頭顱亂飛，定睛看了一眼典韋的面容，想起兩天前在雙鐘嶺的一幕，立刻生起極大的畏懼，指著典韋大叫道：

「白……白髮鬼……白髮鬼來了……大家快跑啊……」

胡車兒是典型的力士，天不怕地不怕，此時見到典韋拔腿就跑，西涼兵們對典韋產生了更多的畏懼，紛紛開始後退。

盧橫見到典韋如同厲鬼一般在西涼兵中間穿梭，所過之處，西涼兵便沒了性命，對典韋的殺傷力也感到很是震撼。

他還是第一次親眼目睹典韋殺人的景象。前兩夜，由於是在夜晚中的樹林裡，都是比較黑暗的地方，所以根本沒有看到。

「此人若一直能為主公所用，必然是衝鋒陷陣，展露鋒芒的一把利刃……」盧橫心中想道。

由於典韋的出現，盧橫這邊的壓力頓時減少了，可是情況並不樂觀，放眼望去，從這個城門到那個城門之間，西涼兵密密麻麻的，多的像數不清的螞蟻一般，加上燈光忽明忽暗，使虎牢關內的真實情況更無法預測。

看到這種情形，他認為調虎離山之計已經不可行了，隨即當機立斷，對身後的一個人說道：「給隊長發信號，說由於典韋的出現，原計劃被打亂了，我已經放棄調虎離山之計，決定趁亂放火燒毀關內糧倉，讓關內亂上加亂，讓隊長迅速帶人入關。」

說完，他召集人馬，迅疾下了城牆，朝糧倉衝去。

趙雲、龐德、李鐵等人還在樹林裡靜靜等候著，忽然看到城牆上有個人手持火把打出信號，趙雲將信號念了出來：

「情況有變，放棄原計劃，請火速入城……」

「弟兄們，建功立業的機會到了，都跟我一起衝過去！」

趙雲讀出信號的意思之後，沒有遲疑，直接朝身後的一百多人喊道。

「威武！」大家發出吼聲，紛紛騎上馬背，衝出樹林，直抵虎牢關的城門。

虎牢關內，城門裡傳來了喊殺聲，透過縫隙，趙雲看到一個黑影正在和十幾個西涼兵戰鬥，左手短刀，右手長槍，只一會兒功夫便將門洞裡的西涼兵殺得乾淨。

「吱呀」一聲，那個黑影打開城門，將趙雲給放了進去。趙雲帶著連同那個黑影在內的一百五十騎衝了進去。

王雙帶著騎兵從城守府奔馳到城門邊的一條大路上，看到前面數百個人圍著典韋一個人，面容都帶著恐懼，雖然人多勢眾，卻沒有一個人敢上前刺殺，偶爾有一兩個大膽的，剛挪動一步，便被典韋凶惡的眼神和面孔嚇得又退了回去。

「白髮鬼來了……大家快跑啊……」胡車兒一邊跑一邊喊著。

王雙見一些西涼兵跟著胡車兒撤退，心中大怒，策馬擋住胡車兒，大喝一聲：「無膽匪類，蠱惑軍心，留你何用！」

說罷，手中的大刀劈向胡車兒，手起刀落，人頭落地。

胡車兒的部下大驚，紛紛止住了前進的步伐。

「都給我回去，誰敢後退，格殺勿論！」王雙怒吼道。

胡車兒的部下不敢違抗，紛紛掉頭，再次將典韋給包圍了起來。

王雙掃視了一眼四周，看到趙雲等人從城門外殺了進來，立刻吩咐道：「你去指揮那些士兵，將那個白頭髮的殺掉，其餘人跟我走，迎擊敵人。」

不斷從後面趕來的西涼兵全部彙聚在王雙的身邊，騎兵、步兵足有兩三千人，在王雙的一聲令下後，便隨著王雙朝著城門邊殺了過去。

整個虎牢關內異常嘈雜，什麼聲音都有，**註定了今夜虎牢關是個不平凡的夜晚。**

趙雲騎著馬衝在最前面，龐德、李鐵等人緊隨其後，一行一百五十人衝過城門，見王雙帶人殺來，趙雲不去硬碰硬，調轉前進的方向，向著被一千餘士兵包圍著的典韋殺了過去。

「嗚……」

典韋殺得興起，整個人已經是不折不扣的血人了，雙鐵戟不停揮舞著，殺西

涼兵就像是在砍瓜切菜一般。雖然有膽大的上前攻擊，可是每一個都無所例外的死在了典韋的戟下。

他一邊殺著，一邊還鬼叫著，叫聲加上他的樣子，在夜晚裡，讓人聽了心生畏懼。

「鬼厲！我來了！」趙雲挺起望月槍衝了進去，勢如破竹。

龐德、李鐵則分別帶著五十個人迂迴到左右兩翼，配合趙雲一起衝了進去，三個騎兵梯隊立刻在敵兵的陣營裡呈現了一個品字形。

這時，王雙也帶著騎兵殺了過來，看到前面勇不可擋的騎兵，正要帶兵殺進去，不想糧倉那裡忽然著火，火光衝天，熊熊大火迅速向四周蔓延。

「走水了！走水了！糧倉走水了！快來救火啊！」

糧倉一經著火，立刻引來所有西涼兵的注意力，糧倉周圍的士兵敲鑼打鼓的在關內大聲吶喊。

王雙勒住馬匹，看了看趙雲、龐德、李鐵和典韋等人，又看了看身後的糧倉，陷入了兩難，不知道是先救火，還是先擊殺趙雲等人。

想了片刻，王雙最後放棄了擊殺趙雲等人的打算，見他們一共只有一百多人，便對身邊一個軍司馬下令道：「你帶兩千人去救火，若遇到敵人，格殺勿論！」

「諾！」

王雙又分五百人去守城門，自己帶著剩下的八百多騎去支援被趙雲等人攪亂的西涼兵。

「不想死的都躲開！」

趙雲望月槍所到之處，死傷一片，身後的騎兵也奮力的拼殺，包圍典韋的西涼兵頓時被撕裂開來。

典韋時而跳躍式的殺人，時而固定在一個地方殺人，蹤跡飄渺不定，在這個絕佳的殺人場所，他表現的異常快樂，異常興奮，甚至有點興奮過頭了，時而歡快大笑，時而鬼哭狼嚎，讓那些西涼兵更加確定這就是真正的鬼，只片刻功夫，就沒人敢再靠近他了。

趙雲看著瘋瘋癲癲的典韋，很是著急，每次當他試圖衝到典韋身邊時，典韋卻偏偏又跳到其他地方了，讓他很惱火。

有個人更加的惱火，那就是王雙，他跟在趙雲的屁股後面，卻看到趙雲老是忽左忽右，就連龐德、李鐵帶領的兩個小分隊也是一樣。在他看來，這些帶著猙獰面具的人就是來消遣他的。

不一會兒功夫，原本包圍典韋的一千人已經被撕裂成三個口子，三個口子從不同的方向向典韋所在的位置靠近。

「鬼厲！跟我走……」趙雲和龐德、李鐵彙聚成一團，策馬來到典韋的身邊大聲喊道。

可是，典韋連理都不理，縱身一躍，踩著西涼兵的身體向關內跑了進去，一邊跑著一邊還興奮的手舞足蹈，同時雙鐵戟不斷揮舞著，又砍落了不少顆人頭。

典韋的情況讓趙雲開始擔憂，看來典韋是殺得興起了，他環視四周，發現自己竟然被包圍了，而且王雙正率領騎兵衝殺過來。

「不能為了典韋一個人壞了大事，龐德，你帶領五十個人去追典韋，一定要設法將他控制住。」趙雲說道。

龐德反對道：「隊長，典韋已經瘋了，而且正在興頭上，只要不妨礙我們做大事，就不要去管他了，讓他在虎牢關內瘋著也好，他瘋夠了，累了，就該被西涼兵殺了，這樣豈不是省去了很多事嗎？」

趙雲聽了道：「好吧，反正他也是要死的，死在哪裡都一樣，你和李鐵去關內最中間，那裡有我們要找的人，我料想盧橫已經帶人過去了，你們完成任務後，就火速離開，這裡我來殿後。」

「隊長，還是我來殿後吧，你熟悉地形，如何逃脫要遠比我們容易的多。」李鐵搶話道。

趙雲覺得也有道理，可是對面來的是王雙，他擔心李鐵能不能抵擋得住王雙的攻擊，正當他還有點遲疑的時候，卻見李鐵率先帶著幾個和他熟悉的人迎著王雙去了。

「隊長，你們快走，任務重要！」李鐵大聲喊道。

管亥一直跟在趙雲的身後，見趙雲犯起了難，便道：「隊長，你和龐德走吧，這裡交給我和李鐵，給我們五十個人，絕對能夠把王雙和這些士兵拖住，給你們贏得時間，盧橫未必是張繡的對手，請隊長不要遲疑了。」

趙雲狠下心，調轉馬頭，對龐德道：「我們走！」

話音一落，一百五十騎頓時分成兩撥，趙雲、龐德帶著一百人離開，管亥、李鐵五十個人則留了下來。

管亥策馬來到正在廝殺的李鐵身邊，笑道：「兄弟！我們一起並肩作戰，給王雙來個雙管齊下！」

李鐵會意，嘿嘿地笑道：「兄長高見。」

二人計議已定，頓時又各自分成一撥，一人帶著二十四名騎兵向不同的方向

殺了過去。

西涼兵經過長時間的激戰，加上根本沒有休息好，已經顯出疲憊的樣子，而管亥、李鐵等五十個人則是越戰越勇，剛好形成了鮮明的對比。

王雙見敵人一分為三，趙雲、龐德那一百人朝關內殺去，而管亥、李鐵則在這裡左衝右突，毫無任何規矩可言，冷笑一聲道：「區區五十騎就想拖住我王雙？你們也太小看我了。」

話音一落，王雙勒住馬匹，將大刀一抬，高高舉過頭頂，大喝一聲：「全軍散開！」

一聲令下，所有的士兵向後退出差不多五六米遠，直接空出了一片空地，地上的屍體在不斷的踐踏中早已變得血肉模糊，流出的鮮血也將整個大地染紅，漸漸地堆積成血色的泥沼。

士兵一撤，管亥、李鐵頓時被暴露了出來，兩個人也不氣餒，緊緊地咬住西涼兵，他們退到哪裡，管亥、李鐵就跟到哪裡，像漿糊黏著他們，就是怕被孤立起來，成為眾矢之的。

王雙看到這一幕，皺了一下眉頭，他可以肯定，這些人都是訓練有素的人，不然也不會如此的有默契，如此一來，他想用箭矢射死他們的想法就無法施行了。

看著對方踐踏著自己的士兵，王雙怒了，放棄了所有的原則，將手一招，扭頭喊道：「弓箭手準備！」

一個軍司馬聞言，急忙道：「將軍，那邊還有我們的人，將軍怎麼可以……」

王雙罵道：「一群廢物，連幾十個人都擋不住，留他們何用？朝敵人所在的區域給我放箭！」

那名軍司馬制止道：「將軍，不能放箭啊，那些都是胡車兒的部下，將軍殺胡車兒，可以說成是穩定軍心，可是將軍現在再射殺胡車兒的部下，又該如何向張將軍解釋？打狗還要看主人呢，張將軍若是知道將軍這樣對待他的部下，恐怕張將軍……」

「閉嘴！」王雙怒道，「雙鐘嶺一戰，敵人已經讓他喪膽了，還有什麼勇略可言？他的部下都是草包，尤其是那個胡車兒，殺了一了百了，有什麼好解釋的？傳我命令，放箭！」

軍司馬無奈，知道王雙是天不怕地不怕的人，當年在關中時，王雙還是個普通的士兵，和馬超一起狩獵，曾經和馬超搶過獵物，被馬超捆綁起來，趁夜間掙

脫繩索，殺了兩個士兵逃跑。

後來馬超追了上去，他居然毫不畏懼的和馬超對決，雖然最後落敗，卻因此讓馬超對他的武藝頗為欣賞，便把他提拔為帳前都尉，之後又連連升級，這才當上了將軍。

也正是由於這種性格，讓認識他的人很討厭他，根本沒有什麼朋友，只有張繡對他還算好點。此番他這樣做，頓時讓屬下感到心寒，不禁覺得他是個忘恩負義的人。

軍司馬敢怒不敢言，只得下令，對身後的士兵喊道：「弓箭準備，放箭！」

一聲令下，箭矢飛出，朝正在活動的管亥和李鐵兩個不同的方向射了過去。

箭矢所到之處，立刻有不少人中箭，管亥、李鐵等人損失的只有一兩個人，可被箭矢射殺的西涼兵卻死了一片。

「繼續射箭！」王雙看到一簇箭矢下去，立刻將管亥、李鐵給孤立起來了，便大聲喊道。

「放箭！」

又是一簇箭矢升空，飛快地朝管亥、李鐵等人射了出去，眾人紛紛撥擋，稍有遮擋不嚴密的，便被箭射中面部和身體，直接墜落馬下，同時，周圍的西涼兵又倒下了一片。

「太沒有人性了，連自己人都殺！」管亥詫異道。

「管兄，撤吧，這樣下去，非要全軍覆沒不可。」李鐵道：「這會兒隊長他們應該到了。」

「好！我們撤！」管亥話音一落，當即調轉馬頭，跟著趙雲等人去了。

第九章

致命漏洞

喊聲徹底震驚了每個人的神經，他們在此血戰，苦苦戰鬥，為的就是完成高飛所交代的任務，帶走當今的天子劉辯，然後送回燕國，借此挾天子以令諸侯。可是，這個完美的計畫卻出現了一個致命的漏洞，那就是典韋。

李鐵剛調轉馬頭，忽然聽見背後馬蹄聲響，扭頭一看，王雙居然舉著大刀衝了過來，大吃一驚，還沒有來得及進行阻擋，便被王雙一刀劈成了兩半，登時一命嗚呼。

管亥聽到身後動靜，扭頭看到李鐵身亡，驚叫道：「李鐵！」

王雙的突然驟至，讓管亥等人都吃了一驚，剛才還看到他在那邊指揮弓箭手，怎麼一會兒功夫就到了跟前，似乎預料到他們要逃走一樣。

「吃我一刀！」王雙在劈死李鐵之後，又舞著大刀殺了兩個驚慌失措的人，緊著拍馬舞刀朝管亥砍去。

管亥長槍出手，迎戰王雙，同時大聲對部下喊道：「你們快走！」

「錚！」一聲脆響，管亥手中的鋼槍和王雙的大刀碰撞在一起，在夜間擦出了火花，炫彩奪目。

緊接著便是一陣叮叮噹噹的聲音，兩個人捉對的廝打，兩匹戰馬在原地轉著圈，槍來刀往之間，兵器碰撞火花四濺，宛如夜晚天幕上的點點繁星，讓人看後驚詫不已。

管亥截住了王雙，部下早已全部退卻，西涼兵也分成了兩撥，一撥去追擊逃走的飛羽軍士兵，另外一撥則將管亥和王雙都給包圍起來，長槍如林，弓弩齊備，嚴陣以待地守在周邊，靜靜地看著戰圈中兩個人的廝殺。

一連二十多招，兩人均沒有找到對方的破綻，心中都暗暗地佩服對方的武力。

只是，兩個人鬥得正酣，奈何座下戰馬不夠爭氣，都已經氣喘吁吁了。於是兩個人莫衷一是的互相閃開，讓馬匹稍歇，同時自己也稍微歇息片刻。

這時，王雙手下的一個軍司馬見兩個人分開，迅疾地拉開弓箭，正欲開弓放箭，卻見王雙陰鬱著臉突然擋在他的面前，他吃了一驚，叫道：「將……將軍……」

「不許放冷箭，我要親手殺了他！」

王雙難得遇到一個對手，雖然看不見戴著面具的管亥長什麼樣子，但是他隱約可以感受到，此人必然是一員大將。

軍司馬放下弓箭，不敢違抗，但是心中對於王雙的前後反覆頗有微言，心中暗想：「剛才讓我們放箭的是你，結果敵人沒射死多少，倒是射死了不少自己人。現在不讓放箭的又是你，敵人就這一個，將其亂箭射殺了不好嗎？真是搞不懂你是怎麼想的，等我見到大王，我一定要重重的參你一本……」

人的心是複雜的，表面上的百依百順並不表示內心對你不厭惡，而**凡是西涼**

人，都逃脫不掉涼州武人一個世襲的本性，那就是從不輕易服人，也從不輕易向人低頭，爭強好勝、爭權奪利的心態很重。

王雙調轉馬頭，看了一眼帶著面具的管亥，想道：「這人能和我連打二十招，還讓我找不到絲毫破綻，實在不可小覷，如果來犯之敵都同他一樣，那今夜註定會是我軍的不眠之夜，光要殺這些人，就已經很費事了……」

管亥騎坐在馬背上，調整了一下內息，環視四周，見自己被包圍了，李鐵的屍體也被踐踏得血肉模糊，下定決心道：「只要能拖住王雙一會兒，給隊長製造完成任務所需要的時間，我死不足惜。」

王雙不耐煩地道：「喂，我說戴面具的，你今天是插翅難逃了，能否取掉你的面具，讓我一睹你的尊容？」

「我憑什麼要給你看？」

「因為我很少遇到像你這樣的對手，我想記住你的容貌。對了，順便問一下，你怎麼稱呼？」

「管亥！」

管亥言簡意賅地回答，同時取下了臉上戴著的面具，露出了本來的面目，堅毅的臉龐上掛著一撮鬍子，深陷的雙眼中透著恨意。

「管亥？燕國十八驃騎之一的管亥？」王雙問。

「正是！」

「很好，這樣的話，你就不會無名的入土了，至少我知道你的名字了，也就等於我可以給你刻墓碑了，而且我也將聞名天下。哈哈哈哈……」

王雙說話時，顯然已經將管亥當成了一個死人。

不過，從形勢上看，管亥被王雙帶著人包圍住，的確已經和死人無疑了。就算管亥武力再高，也有力氣用盡的時候，到時候就算一個贏弱的老人拿著一把利劍也能將他殺死。

王雙一言不發，突然策馬而出，大喝一聲，拍馬舞刀直取管亥。管亥也不甘示弱，將自己的生死置之度外，挺槍迎向王雙，開始了兩人間新一輪的對決。

只是這一次，兩個人沒有再捉對廝打，而是進行著典型的馬上對決，這個過程中，武力雖然起到了決定性的作用，但更重要的則是對騎術的考驗，兩馬衝刺時，或許一個回合內便能將對方刺於馬下，或者達百餘回合都不會分出勝負，這些都是常有的事。

兩個人相向而行，刀槍並舉，戰了不到三個回合，便見從關內馳來一名西涼騎兵，那名西涼騎兵操著厚重的涼州口音說道：「刺客進攻行轅，張將軍抵擋不住，陛下岌岌可危，張將軍特派遣我來請將軍共同夾擊刺客。」

王雙、管亥聽到這話，各自現出不同的表情，王雙是驚訝，管亥則是高興。

王雙驚訝的是，張繡的武力在馬超手下的四個大將中堪稱最好的一個，百鳥朝鳳槍精闢萬分，槍法行雲流水，就連他都有點不是對手，雖然不願意服輸，卻很是佩服，對方區區百餘騎兵，竟連張繡帶領的一千守備行轅的鐵甲衛隊都抵擋不住，那麼敵人的實力是不是有點太驚人了。

他見管亥一臉的喜悅之情，突然明白了什麼，先是虛晃一刀，避開管亥之後，左手立刻鬆開馬韁，抽出腰刀便砍向管亥的後背。

管亥大吃一驚，急忙回槍抵擋，「錚」的一聲響後，兩個人便分開了。

王雙力求速戰，但是奈何殺不死管亥，那邊還等著去他接應張繡，生怕劉辯被搶走了，不然的話，他死都沒辦法向馬超交代。

此時一經分開，他心生一計，棄腰刀在地上，單手捂著大刀衝了過去，另外一隻手卻背在背後，摸出一枚飛刀，暗扣在手中。

管亥不想讓王雙走，想儘量拖延時間，見王雙不退反進，正中他下懷，當即策馬飛奔，迎了上去。

兩人相向而行，眼看兵器就要碰在一起了，哪知道王雙突然將手中的大刀給投擲了出去。

管亥一驚，誰想到兩個人鬥到正酣的時候，對方會突然丟棄兵刃過來。他急忙變招，撥開王雙的大刀。

他剛把大刀撥開，看見王雙雙手中已經各扣住了四把飛刀，直接向他射了過來。

「叮！叮！叮！」管亥長槍抖動，撥開其中三把飛刀。

「噗！噗！噗！噗！噗！」在那麼短的距離內，又是突發狀況，管亥沒有能夠撥開全部的飛刀，其中五把飛刀分別射中他身體的要害部位，其中一把射中他的眼睛，劇烈的疼痛感讓他難以忍受。

他緊咬著牙關，非但沒有退縮，反而舉槍迎向王雙，大罵一聲：「卑鄙！」

王雙見狀也是驚駭不已，他手中已經沒有兵器可用，再射飛刀已是不可能了，眼看管亥的長槍就要刺到了，他見躲閃不過，硬生生地將身體偏向一旁，將要害部位給保護起來。

一道血絲深處，王雙右臂只覺得火辣辣地疼。

「轟！」一聲悶響，管亥終於堅持不住，在馬匹奔出一段路程後，失血過多，墜落馬下。

他一墜落，就有二十多名手持長槍的西涼兵圍了過來，對著他的身體便是一陣亂刺，將他刺得血肉模糊，發洩著仇恨。

「去行轅！」王雙拾起大刀後，將大刀向前一招，帶著部隊朝劉辯所在的行轅而去。

虎牢關的行轅裡，劉辯驚慌失措的躲在偏廳的角落裡，十幾名身披鐵甲的武士手持兵刃正在守護著他，外面則是一團混亂。

院子裡，張繡握著銀蛇槍正在和趙雲憨鬥，卻被趙雲壓制得死死的，只有招架，沒有還手的份，而且兩個人你來我去的都是他們最為熟悉的槍法招式，很難在短時間內分出勝負。

龐德、盧橫兩人聚在一起，一陣猛烈的廝殺便殺進行轅，衝進偏廳裡用最快的速度將那十幾名保護劉辯的鐵甲武士給殺掉了。

「你們……」

劉辯一臉的驚恐，看到戴著猙獰面具、穿著黑衣服的人闖了進來，十分的緊張，「你們想幹什麼？朕……朕是……」

不等話說完，龐德一個箭步竄了上去，一把拉住劉辯的手腕，直接將劉辯扔給盧橫，大聲說道：「帶陛下走！」

「轟！」突然，一聲巨響傳來，一個巨大的身影破窗而入，兩把烏黑的鐵戟直接向劉辯投擲出去。

「啊……」劉辯根本沒有躲閃的可能，龐德、盧橫等人措手不及，眼睜睜地看著那兩根烏黑的鐵戟穿透劉辯的心肺。

此時，破窗而入的人在地上滾了兩滾，滿頭白髮，渾身的血污，讓所有飛羽軍的士兵都認出來了，正是發瘋的典韋。

典韋滾到劉辯的身邊，將自己的雙鐵戟從劉辯的身上抽出來，然後又破窗而出，整個動作乾脆俐落，沒有一點拖泥帶水，讓在場的龐德、盧橫等人目瞪口呆。

典韋一到行轅的院落中，便大喊道：**「燕侯帳下飛羽軍刺殺天子，陛下駕崩了！陛下駕崩了！燕軍刺殺了天子……」**

剛喊兩聲，整個人縱身一躍，便翻過牆頭，消失在行轅裡。

喊聲徹底震驚了每個人的神經，尤其是趙雲、龐德、盧橫等飛羽軍將士，他們在此血戰，苦苦戰鬥，為的就是完成高飛所交代的任務，帶走當今的天子劉辯，然後送回燕國，借此挾天子以令諸侯。

可是，這個完美的計畫卻出現了一個**致命的漏洞，那就是典韋**。

典韋的發瘋讓高飛以及所有燕軍的將領都感到很不可思議，在大家用盡各種方法驗證之後，得出典韋是真的發了瘋，而且他的所作所為，基本上也和一個瘋子無疑，讓人無法懷疑他不是瘋子。

但是，就在剛才，**典韋用實際行動證明了，他沒有瘋**。

從他在虎牢關內脫離趙雲等人開始，一直到他再次出現，這中間大概有一個時辰的時間，誰也沒有見過他，他在哪裡也沒有人關心，是眾人忽略了他的存在。

行轅的偏廳內一地屍體，龐德、盧橫看到劉辯已經斃命，急忙帶著部下退出偏廳，剛出門，便看見趙雲朝他們走了過來，眼中帶著一絲驚慌。

趙雲走到偏廳門口，朝裡面瞟了一眼，看到劉辯躺在血泊中，又環視了一下周圍，二百人還剩下一百多個，當機立斷，道：「撤退！」

一百多人先是奔到後花園，以矯捷的身手躍過牆頭，然後一路走一路放火，將兵營、武器庫、城守府全部點著火，讓跟隨著他們的西涼兵根本沒有時間顧及他們，直接消失在灰暗的天色之中。

此時，東方露出了魚肚白，王雙帶著步騎兵趕到行轅，一進行轅便看見張繡垂頭喪氣的，其他士兵都面帶憂傷，飛羽軍也早已不見了蹤影，死屍一片，血流成河，原本豪華的行轅蕩然無存，只剩下戰後的蒼涼，以及瀰漫在空中的血腥味。

「人呢？」王雙走到張繡的身邊，問道。

張繡先是嘆了一口氣，緊接著說道：「跑了。」

「那你們怎麼不追？」

「陛下駕崩了……」

「你說什麼？你再說一遍！」王雙不敢相信自己的耳朵，瞪大了眼睛問道。

張繡垂頭喪氣地道：「陛下駕崩了！」

王雙走到偏廳，看到劉辯躺在血泊中，臉上滿是驚恐之色，可見死前他是多麼的震撼，是多麼的不想死。

「陛下……陛下……陛下……」

司徒王允、太尉楊彪、太傅馬日磾聽聞刺客進入行轅，急忙帶著各自的親隨手提利刃趕了過來，一進入行轅的院落中，便聽見張繡的話，對他們而言，就像是晴天霹靂。

三人神色慌張，驚慌失措地跑到偏廳，看到劉辯的屍體，三人登時癱軟在地。

「三位大人……」張繡見狀，急忙過來勸慰。

「該死的張繡！你是怎麼保護陛下的，你怠忽職守，罪大惡極，來人啊，將張繡推出去就地斬首！」

王允見劉辯死了，登時受了刺激，滿臉的怒色，完全忘了他所在的環境，說完過了好半晌，卻沒有一個人動彈，張繡的臉上更是帶著輕蔑。

「你們都還愣在那裡幹什麼？為什麼還不動手？」王允指著士兵道。

「王大人，我想你忽略了一個很重要的問題，這些人可不是你司徒府的，而是我的部下，是秦王的部下。你想，你能指揮得動他們嗎？」

張繡冷笑一聲，緩緩說道：「還有，你心懷叵測，暗中造反，想借楊奉之兵來對付秦王，你的如意算盤打得很不錯嘛……」

「你……你是怎麼知道的？」王允訝異道。

馬日磾、楊彪也很詫異，他們的秘密為何張繡會知道。

張繡嘿嘿笑道：「要想人不知，除非己莫為，**陛下之死，想必也是你裡通外敵，勾結燕侯高飛所致……**」

「你胡說，你血口噴人，本府怎麼會做出對陛下不利的事？」

「事實上，你已經做了，躺在血泊當中的陛下就是最好的證明！來人啊，將王允拿下，推出去，就地正法！」張繡臉上突變，朗聲道。

「諾！」

一群士兵立刻圍住王允，不等王允反應過來，士兵們便抽走王允的佩劍，將王允反剪著推了出去，任由王允怎麼叫喚都沒有用。

「啊……」

隨後，王允的慘叫聲從外面傳來，隨即一個士兵手提著王允的人頭走了進來，撂在地上，對張繡說道：「將軍，王允已被就地正法。」

「張繡，你不分青紅皂白，擅自殺害王公大臣，你眼裡還有王法嗎？」

太傅馬日磾性格剛烈，之前因為劉辯的駕崩陷入悲傷之中無法自拔，當王允的人頭被撂在地上後，他才回過神來，指著張繡的鼻子斥責道。

「王法？有秦王的地方就有王法，在這裡，秦王的就是王法，我就是王法！太傅大人，似乎參與同謀的還有你和楊太尉吧？」張繡反問道。

「是又如何？你們這些亂臣賊子，一定是你們殺了陛下，卻推說什麼刺客，我看是秦王想謀朝篡位，你們……你們……我要殺了你們……」

馬日磾聲音一落，從地上撿起自己的佩劍，便舉劍砍向張繡。

「放肆！」

王雙見狀，揮舞大刀，大喝一聲，手起刀落，馬日磾的人頭便脫離了身體，直接飛向空中，最後落在地上滾出很遠。

「轟！」一聲悶響，飆血不止的馬日磾的軀體倒在了地上。

楊彪就在馬日磾的身邊，身上濺滿了馬日磾的鮮血，頭上、臉上、身上到處都是血污。

他出身公卿世家，哪裡見過這種血腥場面，就算見過，也只是遠遠的觀望，何時有過如此近距離的接觸，不禁癱軟在地上，全身發抖。

張繡見狀，蹲下身子，衝楊彪笑道：

「太尉大人不要害怕，王允、馬日磾都是叛賊，欲謀害秦王。太尉大人雖然也有份，應該是受到他們二人的蠱惑，我們不會隨意傷害太尉大人的，何況，陛下駕崩，太尉大人身為三公之一，理當代理太常主持儀式。不過，死罪可免，活罪難逃，就先委屈太尉大人在牢房裡待上一段時間，並且希望太尉大人給楊奉寫一封信，提前召喚他到虎牢關來，就說昨夜刺客刺殺了我和王雙，虎牢關內群龍無首，請他到關內主持大局。不知道太尉大人可否願意書寫？」

楊彪坐在那裡，並不回答，可是卻思緒如飛。

他為人低調，做事冷靜，不像王允、馬日磾如此衝動，加上在官場上混了很久，自然明白此時自已正處於危險當中。他見劉辯駕崩，王允、馬日磾都已經死了，而且張繡、王雙又掌握了他和楊奉勾結的事情，知道大勢已去，在思考自身處境後，於是點頭同意。

張繡見後，笑道：「太尉大人可真是個識時務的人，既然如此，那就請太尉大人給楊奉寫一封信吧，筆墨伺候。」

話音一落，便有人送上筆墨紙硯，楊彪揮筆疾書，洋洋灑灑的寫下了一封信後，便被張繡拿走，派人火速出虎牢關，送達楊奉。

張繡又道：「太尉大人，你也參與了王允、馬日磾的謀劃，只是如何定罪，還要請秦王發落，我沒有那個權力。所以，現在就請你委屈幾天，在牢房中待一段時間了。」

楊彪早就預料到會有這個結果，所以面無表情，什麼話都沒說。

「來人，帶太尉大人進牢房，好生伺候著，不許有任何怠慢。」張繡吩咐道。

楊彪被帶走之後，王雙便主動湊了上來，問道：「兄處理事情行雲流水，有大將之風，實在令小弟佩服。不過，陛下駕崩的事情，我們要如何向大王交代？」

「自然是如實稟報，就說王允、馬日磾勾結燕侯高飛以及楊奉，欲謀朝篡位，大王也早有殺陛下立涼王為帝之心，奈何怕引起天下不滿，一直未曾動手。既然陛下已經死了，那就省去了大王的事了，直接將這件事推給高飛，讓高飛受千夫所指，然後大王名正言順的有了出師之名，可以討伐高飛，盡奪河北之地。」張繡道。

「楊彪也是同謀，為何兄長不殺了楊彪？」

「楊彪和王允、馬日磾不一樣，楊彪祖上累世公卿，自祖父楊震以下，他父親楊賜，連同他在內，都是做過三公的人，門生故吏很多，而且楊彪的兒子楊修頗有才華，和軍師陳群又是好朋友，和陳氏一族走的很近，所以不能殺。至於楊彪同謀之事，也不必上報了，就關楊彪幾天，以示懲戒即可。」

「兄高見，小弟佩服萬分。」

王雙此時才知道自己和張繡之間的差距，不僅僅是在武藝上，在頭腦上也存在著明顯的差距。如果不是剛才張繡一直朝他使眼色，估計他早就一刀將楊彪劈死了。

「報——」

一個士兵快速跑了進來，大聲叫道，「刺客奪門而出，我們無法阻擋，已經出關了。」

張繡、王雙面面相覷，同時皺起了眉頭，均擺擺手，示意不必理會，因為他們都知道對方的實力驚人，就算追上去了，也是吃虧。

但是，讓張繡最牽掛的還是那個和他對戰時戴著面具的趙雲，他可以肯定，天底下能夠使得出百鳥朝鳳槍的人，就只有三個，一個是他的師父童淵，一個是他的師弟張任。

師父早已經仙去了，張任人在蜀國，不禁讓趙雲成了他心中未解的謎團，暗暗地想道：「那個人究竟是誰？難道師父在臨死前還曾收過關門弟子？」

百思不得其解後，也就不去想了，他堅信下次還會碰到的，便和王雙一起打起精神收拾虎牢關的殘局。

到了中午，得知虎牢關群龍無首的楊奉帶著幾十名親隨先行脫離了大軍，馬不停蹄的趕到了虎牢關，可是一進入虎牢關，便立刻被人堵著了，張繡從城內殺出，王雙從城外殺出，不由分說的一通亂殺，便將楊奉等人盡皆砍在了馬下。

之後，張繡割下了楊奉的人頭，帶著一千騎兵親赴楊奉帶來的軍隊前面，召見各部首領，示以楊奉的人頭，然後以自己北地槍王的威信安撫了這支以步兵為主的七萬大軍，並且帶著他們進駐虎牢關，準備前去支援在官渡的馬超。

與此同時，趙雲、龐德、盧橫三人，帶著從虎牢關激戰一夜所剩下的一百一十多人安全地抵達了一片可以藏身的小樹林，並且加以小憩。

樹林中，趙雲、龐德、盧橫等人都垂頭喪氣的，所有的人都帶著傷感，管亥、李鐵和其他八十多個兄弟都陣亡了，最讓人鬱悶的是，典韋居然用裝瘋賣傻的方法瞞騙過了所有人，並且做了一件非常關鍵的事。

弒君這個罪名，恐怕就要落在他們的頭上了，也肯定會給燕國帶來不小的災難。眾人都不知道該如何去面對最信任他們的主公。

「典韋……我趙子龍發誓，無論你今生躲在那裡，我都要找到你，親手殺了你！」鬱悶到極點的趙雲再也忍不住了，一反尋常，打心眼裡發出一聲吶喊。

正當虎牢關那邊的變故剛剛結束，在官渡的正面戰場上，馬超和曹操之間再一次爆發了戰鬥。

空氣彷彿停滯了，太陽火辣辣地照著大地，在那片已經化為血色沼澤的戰場上，馬超一馬當先，帶著自己的嫡系部隊幽靈騎兵正在追趕著落敗的魏軍。左邊，是馬超帳下大將索緒，右邊是錢虎，兩個人各自引著兩千餘騎兵配合馬超作戰，奮力的向前狂追，誓要追上那令人作嘔的曹孟德，然後一刀砍下他的腦袋。

「曹賊休走！」

曹操在曹純、曹休所帶領的虎豹騎的護衛下，迅速地奔馳著，許褚在後面伺機抵擋著馬超的追逐。

這已經是馬超和曹操的第六次戰鬥了，短短幾天來，硝煙瀰漫著整個官渡戰場，時常會看見披著白色披風，帶著白色盔纓的幽靈騎兵在官渡戰場上往來衝突，殺得魏軍落花流水。

自從馬超率領三萬幽靈騎兵攻擊燕軍大營，逼退燕軍的十萬大軍後，馬超就更加的不可一世，先是讓張繡、王雙護送劉辯回虎牢關，緊接著邀請父親馬騰觀戰，只以他本部的幽靈騎兵去對付曹操的步騎兵。

第一次交鋒的時候，幽靈騎兵臨戰先投擲兵器的做法頓時讓曹操吃了一個大虧，他的部隊根本抵擋不住馬超的鋒芒，為了減少傷亡，只得敗走。

後來，兩人又進行了四次不同規模的戰鬥，基本上都是馬超採取攻勢，曹操採取守勢，其中有兩次曹操利用巧計，擊敗了馬超，但是並未讓馬超傷到元氣，是以這一次馬超又得發動進攻，並且襲擊了曹操的營寨，使得曹操被迫退走。

馬超舉著地火玄盧槍，騎著一匹產自大宛的白色駿馬，洋洋得意的追逐著曹操，像是在追逐自己的獵物一樣。

他喜歡這種征服的感覺。但是，在他和曹操之間，總會有一個熟悉的身影若隱若現，那個身影也讓他很是討厭，想殺卻殺不了，想撇卻撇不掉，就像一張狗皮膏藥一樣，緊緊地黏在身上。

「許褚不死，就不能抓住曹操，連續六次了，在最緊要的關頭，都是許褚突然殺了出來，這個該死的胖子，實在令人髮指！」馬超看著夾在他和曹操間的許褚，不禁罵道。

曹操在敗退的人群中奔馳著，看到馬超等幽靈騎兵緊緊地跟隨著，不但沒有感到危險的存在，反而嘴角上揚起了一絲似有似無的笑意。

又奔馳了差不多五里，曹操等人轉眼便鑽進一個樹林裡。

馬超看到後，冷笑一聲道：「曹阿瞞，你以為跑到樹林裡，我就奈何不了你了嗎？」

他看到魏軍最後一個騎兵躲進了樹林裡，自己離樹林還有一段路程，當即下令道：「追過去！斬殺曹操首級者，賞千金，封萬戶侯！」

在利益的刺激下，馬超的部下爭先恐後的向樹林裡疾衝，一時間，速度居然超過了馬超。

雖然不是產自大宛的良馬，但是這些西涼馬的耐力極好，加上馬超今天剛和許褚大戰過一場，座下戰馬的體力消耗太多，以至於大多數衝在前面的幽靈騎兵都超過了馬超，希望能斬殺曹操，得到封賞。

馬超見狀，心裡罵道：「剛才衝鋒的時候怎麼不見你們這麼積極，一聽到有封賞，跑得比誰都快……」

「大王，**窮寇莫追**啊，敵人不走平原，反而躲進樹林，必有蹊蹺，請大王下令停住，不要再追了，怕是曹操的奸計。」索緒大叫著。

馬超現在對索緒頗為信任，前兩次若不是索緒及時提醒的話，他恐怕會吃更大的虧。現在聽到索緒的呼喊，也有點發怵，畢竟曹操這個傢伙對他來說，就是老奸巨猾的人，經常搞半路伏擊，背後偷襲，弄得他暈頭轉向的。

「全軍停止前進！」

馬超心有餘悸地喊道，那些正在興頭上的幽靈騎兵急忙勒住馬，停在林子外面的空地上，用異樣的眼神望著馬超，等待下一步的命令。

為防萬一，馬超派了十名騎兵進林子裡察看，騎兵看完後，回來說曹操還在林子裡。他看了眼這片偌大的林子，如果想迂迴過去的話，只怕會耽誤抓曹操的時間，可又不敢貿然進攻，一時處在猶豫當中。

「大王，機不可失啊，按照曹操前兩次耍的小陰謀，如果真有伏擊的話，現在我們離樹林那麼近，肯定萬箭齊發，可是現在風平浪靜的，屬下以為可以進行追擊。」錢虎立功心切，忍不住說道。

索緒急忙反駁道：「不可！曹操詭計多端，此時不進攻我們，不代表不會在林子裡面埋伏，萬一……」

錢虎哼了聲道：「我看你是被曹操嚇怕了，哪裡有那麼多的陰謀詭計，大王天下無敵，曹操都已經被追得沒命逃了，還能想出什麼詭計？大王，進攻吧，再有遲疑，曹操跑遠了，人頭就拿不到了！」

馬超覺得錢虎說得很對，當即道：「全軍聽令，前進！」

索緒想去勸慰，哪知馬超不等他開口，便帶著人衝進了樹林，錢虎也緊隨其後。他本想留下一部分人守在樹林外面，可是馬超開出的價碼實在太大了，眾人為了那萬戶侯，都擠破了頭朝樹林裡子鑽，短短的功夫，一萬五千多幽靈騎兵就剩下他一個人了。

他環視一周，見周圍沒有什麼異常，無奈之下，只有硬著頭皮跟了進去。

樹林中荊棘叢生，不宜騎兵行走，一萬五千多幽靈騎兵不得不全部散開，在樹林裡緩慢地向前走，雖然對路況很不滿意，但是一看到前方不遠處就是曹操，心中也就釋懷了。

錢虎見騎馬走得太慢，當即跳下馬背，徒步前進，快速地向前奔跑，看到曹操和一撥士兵就在前面不遠處，而且離他越來越近，臉上露出喜悅之色，想道：「萬戶侯是我的了……」

他越想越興奮，越跑越快，什麼也不顧，見曹操等人靜止在那邊一動不動，似乎是任人宰割一樣，便放鬆了警惕，舞著刀衝了過去，砍翻兩個士兵，然而下一刻，臉上立刻變成極為詫異的表情，**因為他砍翻的根本不是士兵，而是穿著士兵衣服的稻草人。**

他急忙環視四周，見所有布置在密林中的人，包括曹操在內，都是穿了衣服的稻草人而已。同時，他聞到一股刺鼻的味道，腳下的戰靴也感到一片潮濕，低頭一看，才發現自己竟然站在一個積滿了猛火油的大坑裡，猛火油已經淹沒了他的腳踝，而且地上有一道鴻溝，猛火油正順著那道鴻溝向他流淌過來。

「不好！又中計了！」錢虎立刻意識到了什麼，急忙大叫道，「大王，快撤退，我們又中了曹操的奸計了……」

他的聲音剛喊完，那邊從一棵樹上射來一支火矢，猛火油一沾到火星，立刻燃燒起來，火勢迅速擴大，直接將站在油坑裡的錢虎給燒著了。

「啊……」

錢虎身上著火，炙熱的火焰燒得他皮膚滋滋作響，強烈的灼熱感讓他備受煎熬，急忙從油坑裡跳了出來，在地上打著滾。

可是，他哪裡知道，地上已經鋪滿了易燃的乾草，錢虎身上的火迅速點燃了乾草，而且油坑那邊也分成了許多細流，猛火開始順著灌滿猛火油的地溝迅速地向四周擴散而去，只見地上兩道火光快速地向樹林的邊緣張開，然後在幽靈騎兵來的路上彙集在一起，直接截斷了歸路。

而這時，在一個很大的火圈內，八個不同的方向燃起了八道火牆，從四面八方開始向中間彙聚，最後集中在了最中間，形成了一個巨大的火球，將偌大的樹林直接分割成了八份。

火勢突起，幽靈騎兵座下的戰馬盡皆失控，暴躁的開始撂蹶子，有些沒有來得及抓好韁繩的士兵紛紛被顛簸下馬，許多士兵的身上都著起火來，頓時陷入一片驚慌之中，人仰馬翻，呻吟聲、慘叫聲不絕於耳。

「都別慌，都不要慌，全部撤退，撤退！」

馬超看到如此情形，不禁吃了一驚，沒想到自己進了一個別人事先設好的火葬場，他見部下慌亂，大聲叫道。

可是，火牆阻斷了一切，除了跟隨馬超的那些士兵稍微鎮定一點以外，其餘在不同火圈裡的士兵的哀號聲夾著馬匹的嘶鳴聲，整個樹林像是炸開了鍋似的。

「大王，快跟我來！」索緒從人群裡擠了出來，對馬超說道。

馬超一臉的羞愧，悔恨沒聽索緒的話，說道：「索緒，本王……」

索緒打斷馬超的話，催促道：「大王，此地不宜久留，臣看到魏軍正朝這裡圍了過來，其他人能否逃得出去，就讓他們各安天命吧，但是我一定要救大王出去，請快跟我來，我已經用土撲滅了最外圍的火圈，後面的士兵已經離開了。」

馬超深受感動，他仗著自己武藝超群，從來都是他去救別人，沒有想到今天會落魄到要別人救自己。他二話不說，活命要緊，帶著部下迅速地跟著索緒朝樹林外面衝了出去。

火光衝天而起，偌大的樹林頓時成為人間煉獄，除了馬超、索緒等千餘騎兵

及時從火海裡逃了出來外，其餘的人全部被大火吞沒。

只聽痛苦的叫喊聲響徹天地，火海中不斷跑出全身上下著火的人，以及胡亂衝撞的馬匹。

「該死的曹操……」馬超看著一片火海，熱浪迎面撲來，讓他切身感到大火帶來的威脅。

「大王，顧不得那麼許多了，趁魏軍沒有合圍之前，請快衝出去，重新整備兵力，再和曹操決一死戰不遲。」索緒環視從四面八方湧出來的魏軍步兵，著急地道。

馬超聽後，急忙調轉馬頭，帶著一千多殘兵，在魏軍沒有合圍之前，衝出了魏軍所設下的包圍圈。

西南的一個山坡後面，曹操帶著曹純、曹休、許褚等百餘虎豹騎露出了臉，看著那片樹林已經被熊熊的烈火吞噬，他的臉上揚起了喜悅的表情。

「大王這個**誘敵深入**的計策可真是高啊，差點將馬超給燒死，可惜讓他跑了，這次馬超應該嘗到厲害了吧。」曹純佩服地說道。

曹操笑而不答，直到馬超消失在他的視野中，他才發話，淡淡地說道：「傳令下去，全軍後退三十里。」

曹純感到很是奇怪，問道：「大王，馬超新敗，主力盡數被滅，我軍當乘勝追擊才對，為何不進反退？」

曹操道：「馬超的幽靈軍雖然戰敗，可是其父馬騰的十萬西涼鐵騎仍在，我軍這幾天和馬超連續戰鬥六次，三勝三負，兵力和糧草都有耗損，在夏侯淵沒有到來前，不能貿然進攻。西涼兵實力仍在，我軍尚處於被動，必須小心謹慎。吩咐下去，全軍後撤三十里，在牛家屯一帶駐紮。」

「諾！」

說罷，曹操剛欲調轉馬頭，忽然發現從地平線上奔來一個滿頭白髮的騎士，渾身血污，身體魁梧，那漢子的相貌、身影是那麼的熟悉。他看到那個漢子急速地朝這裡奔馳過來，剛才臉上還籠罩的陰雲立刻煙消雲散。

「大王，是韋哥！韋哥回來了……」許褚也看見了那個漢子，指著遠處的典韋對曹操說道。

他抑制不住內心的喜悅，話還沒有說完，便策馬狂奔出去，只為迎接典韋的歸來。

典韋的神秘失蹤，讓許褚頗感鬱悶，兩個人是無話不談的好兄弟，突然消失

了，他還真的不習慣，更多的是難受，因為在他心裡，典韋是最懂他的一個人。

「韋哥……韋哥……」許褚開心到了極點，揮舞著手臂，不停地朝典韋搖晃著。

典韋看到許褚前來相迎，臉上露出淡淡的微笑，一經見面，相互寒暄了幾句，便一起朝曹操那邊奔了過去。

不一會兒，典韋來到曹操的面前，滾鞍下馬，撲通一聲跪在地上，叩首道：「屬下幸不辱命，完成了大王交付的任務，如今回來向大王報到！」

曹操看著典韋滿頭白髮，全身上下有著一股腥臭味，就連身上的衣服也是衣不遮體，但他毫不介意，跳下馬背，親手將典韋給扶了起來，眼裡含著款款深情，拍了拍典韋的肩膀道：「回來就好……回來就好……」

之後，曹操、典韋、許褚、曹休等人一起回營，留下曹純指揮其他士兵收拾仍在大火中煎熬的幽靈騎兵。

曹操秘密駐紮的一處營寨裡，夏侯惇、曹仁、曹洪、李典、樂進、于禁等將領全部在寨門口等候，看到不遠處火光衝天、濃煙滾滾的樣子，在這個曠野上顯得格外清晰，他們知道，是曹操的計策成功了。

在和馬超對峙的幾天時間裡，曹操一直在隱藏著自己的實力，將精兵良將藏在後面，自己卻帶著老弱病殘的萬餘士兵和馬超在官渡展開角逐，必要時，再以精兵在半路伏擊，截殺，以達到奇襲敵人的目的。

也正是這個原因，馬超前兩次追擊曹操時，吃了曹操的虧。這一次，所有的精兵良將一個都沒參戰，曹操是帶著那些老弱病殘，在樹林裡設下了火燒馬超的計策。

午時剛過，曹操、典韋、許褚、曹休四人抵達營寨，夏侯惇等人看到典韋歸來，而且滿頭白髮時，都感到頗為驚訝。

一入營寨，曹操便對典韋道：「你先去清洗一下身體，稍作休息，一會兒本王有話要問你。」

典韋抱拳道：「諾！」

許褚道：「大王，我和韋哥一起去。」

曹操點點頭，徑直走入大帳。

過沒多久，典韋換了衣服，在許褚的陪同下，進入曹操所在的中軍大帳。

中軍大帳裡，夏侯惇、曹仁、曹洪、李典、樂進、于禁、曹休等領軍大將坐在左邊一列，徐庶、程昱、劉曄、董昭、滿寵、任峻、毛玠等謀士坐在右列，曹操端坐在帳內正中央上首位置，在曹操的身邊，左右各陳列了一個座位。

「典韋、許褚，你們兩個入座吧！」曹操指著那兩個座位，道。

典韋、許褚先是一怔，緊接著備受感動，能坐在魏王曹操身邊，高於其他各級文武，這是何等的光榮啊。

曹操見典韋、許褚二人還在猶豫，便道：「本王若沒有你們兩個一直在身邊保護，恐怕不知道死多少回了。這幾天來，許褚一直在和馬超周旋，讓本王計策得以實現，典韋又完成了極其重要的任務歸來，這座位，你們當之無愧。」

徐庶瞅了曹操一眼，見曹操眼中充滿智慧的光芒，不禁暗暗想道：「大王有著超凡入聖的智慧，此次以一萬多老弱病殘的士兵對付馬超的優勢兵力幽靈軍，仍能處在上風，實在是令人佩服。之前典韋失蹤，我就感到有些不對，今日他的歸來，證明了我的猜測，看來他是去執行一個秘密的任務去了。」

典韋、許褚不再推辭，徑直入座。

曹操環視一圈，說道：「典韋失蹤，其實是被本王派去執行一項非常特殊的任務，典韋，將你帶回的消息告訴給諸位將軍、大人聽。」

「諾！」

第十章

雙喜臨門

「啟稟大王，我軍大獲全勝，一把火燒死了馬超主力幽靈軍一萬三千六百三十七騎，同時，馬超手下四大將之一錢虎也死在火中。」

「哈哈哈……加上典韋帶來的好消息，算是雙喜臨門。曹純，入座吧。」曹操開心地說道。

典韋站了起來，說道：「各位將軍、大人，下官剛從虎牢關馬不停蹄的趕回來……」

「虎牢關？」夏侯惇聽後，立刻問道：「你去了虎牢關？那邊情況如何？聽說又有七萬大軍前來支援馬騰父子，是否確有其事？」

典韋點點頭道：「確有其事，不過，這並不是我認為重要的事情，因為，那七萬大軍還沒有抵達，虎牢關內便已經發生了變故。當今天子在張繡、王雙以及數千西涼兵的守護下，竟然遭到刺殺，已經駕崩了……」

「陛下……陛下駕崩了？」一聽到典韋的話，大家都吃驚不已。

「果然如此……」徐庶脫口道。

雖然聲音很小，還是被曹操給聽個正著，他看了徐庶一眼，見徐庶絲毫沒有感到震驚的樣子。

「陛下是被何人刺殺的？是不是……」

曹仁心思縝密，沒有說下去，如果是典韋做的，那麼一定是曹操讓典韋那麼做的。見曹操盯著徐庶，不禁狐疑想道：「難道是徐庶的計策？」

「典韋，陛下駕崩，你是否親眼所見？」夏侯惇問。

典韋道：「燕侯高飛派了一支二百人的別動隊，以趙雲為隊長，飛羽軍為主體，夜襲虎牢關，殺了當今的天子。」

「高飛竟敢這樣做？實在是大逆不道！」

劉曄是漢室後裔，雖然對漢室已經不抱什麼希望了，但是刺殺陛下的事，卻讓他義憤填膺，怎麼說，那也是大漢的天子，是正統的皇帝。

「高飛從來無視大漢朝綱，兩年前先自立為王，現在估計是想稱帝了，所以先行殺了天子，而且他手中還有傳國玉璽，當皇帝完全是順理成章。這等無君無父之人，應該受到天下人的討伐！」程昱發言道。

「典韋，我有一個疑問，燕軍刺殺了天子，你怎麼會在場？」

曹洪向來說話沒有顧忌，他感到了其中不對勁的地方，既然是燕軍刺殺的，為什麼典韋會親眼目睹？他感到疑惑，便想向典韋尋求答案。

典韋扭頭看了曹操一眼，見曹操輕輕地點了一下頭，便道：「因為，**殺死當今天子的，正是我！**」

此話一出，更讓在場的人震驚，將目光一致移到曹操的身上。

「事情真相大白，本王也就不再隱瞞諸位了，早在一個月前，在燕軍渡過黃河之時，本王就知道高飛要做什麼了，本王特意派遣典韋去燕軍大營，照本王對高飛的瞭解，他肯定會留下典韋，借機利用典韋做一些對本王不利的事，所以本

王**將計就計**，讓典韋潛伏在燕軍大營裡，必要時可以行非常之事……」

說到這裡，曹操站了起來，道：「典韋，西涼兵是否已經把高飛當成了刺殺天子的凶手？」

「大王放心，屬下出現的恰如其分，而且當時天子所在的地方，只有飛羽軍的龐德、盧橫等人在，屬下刺殺了天子後，立刻逃走，並且喊出燕軍刺殺陛下的話，西涼兵肯定深信不疑。」典韋答道。

「很好。」

眾人聽完這段對話，心中都各懷鬼胎，但是絕大多數都對曹操的做法沒有異議，天子對他們來說，只不過是個擺設而已。

可是，對徐庶和劉曄而言，卻意義非凡。

徐庶跟隨曹操，正是看中曹操身上的特質，加上戲志才的極力推薦，才在戲志才病亡之後當上了曹操的首席軍師，替曹操出謀劃策。可是，他萬萬沒有想到，曹操居然會公然做出如此大逆不道的事來。

只是，他不敢把不滿的情緒表現出來，因為就在剛才，曹操的那雙利眼，已經把在座的每個人都審視了一遍。

劉曄是東漢光武帝劉秀之子阜陵王劉延的後代，是堂堂正正的漢室宗親，不像劉備那廝，到處說自己是漢室後裔，因為年紀輕輕的他就已經很有名氣了，是以曹操占領徐州和豫州之後，聽到他在揚州，便讓人帶著金銀去請他出仕。

他沒有猶豫，便跟了曹操，雖然只是在曹操身邊擔任幕僚，但是也常常為曹操獻策，而且覺得曹操有梟雄之資，以後會成就一番功業，所以一直沒有離開。

雖然他對大漢皇室不抱什麼希望，但是曹操此舉，正中他的軟肋，他的心裡像有一把重錘壓著一樣，難受至極，儘管一聲不吭地坐在那裡，內心卻已經是翻江倒海了。

「元直、子揚，你們兩個人在想什麼呢？」曹操突然發話問道。

徐庶道：「我在想，一旦天子駕崩，高飛弒君的消息傳開，官渡形勢是否會發生什麼變化。」

曹操「哦」了一聲，將目光移到劉曄的身上，問道：「子揚先生，你呢？」

劉曄直起腰身，拱手答道：「魏王，我在想，陛下駕崩，並沒有留下子嗣，而先帝子嗣也只剩下陛下一個，先有弘農王劉協被大將軍何進所殺，今次天子又駕崩了，**大漢的天下何人當為皇帝，大漢的江山又是否會就此終結。天崩地裂之後，大漢是否會呈現戰國之時七雄並立的局面……**」

曹操聽後，笑道：「兩位想得都比本王深遠，本王只是在想，**在場的，到底**

有幾人和本王的心不一致……」

頓了頓，曹操環視一圈，臉上的笑容也消失不見了，目光如炬，一個個的看著在場的文武。

之後，便是良久的沉默，每個人都感受到一種說不出的壓力，不敢妄動。

當曹操的目光看向夏侯惇的身上時，夏侯惇那隻獨眼裡散發出光芒，低聲道：「大王，你是瞭解我的，元讓對大王可是忠心耿耿的。」

曹操點點頭，將目光移到曹仁的身上。

「大王，子孝自從跟隨大王以來，一直以大王馬首是瞻。」

曹操又點了點頭，將目光移到曹洪的身上。

「大王，你看我做什麼？我可是從小和你一起偷看過女人洗澡的，當時你讓我保密，我一直到今天都沒有說出來……」

曹洪說到一半，意識到自己失語了，趕忙捂住嘴巴，見眾人臉緊繃著，想笑又不敢笑，此時恨不得找個地縫鑽進去。

他的臉一陣羞紅，斜視了曹操一眼，見曹操面無表情，更加不敢看曹操了。

「大王，我等對大王忠心耿耿，絕無二心，天日昭昭，我心可鑒。」

李典、樂進、于禁、曹休等人，不等曹操審視他們，便不約而同地抱拳向曹操表示忠心。

「大王深知法度，恩賞有加，勝過天下人，我等必盡其心，敢不效犬馬之勞。」徐庶、程昱、劉曄、滿寵、董昭、任峻、毛玠等人亦是朗聲道。

「我等願意為大王上刀山、下火海，雖死無憾！」典韋、許褚見狀，互視一眼，也齊聲說道。

曹操突然哈哈大笑了起來，緩緩地道：「諸位對我曹操的心意，我又何嘗不知。當然，我相信，你們當中也有人在說著違心的話。我不管你們怎麼看我，**我曹操，是全天下獨一無二的**。弒君之人當戮其首，懸掛其首級於城門，今天，話從本王口中出去，進入諸位之耳，我不希望再有其他人知道這件事，**從現在起，刺殺天子、犯下弒君大罪者，高飛也！**」

「諾！」眾人齊聲回答道。

徐庶低著頭，看著面前的酒菜，心裡想道：「**這就是所謂的梟雄嗎？那他弒君的目的何在，只是為了單純的嫁禍給高飛嗎**？曹操……你確實是獨一無二的，正因為如此，我徐庶才會死心塌地的跟著你，雖然剛才我的心曾因你派典韋弒君動搖了，但是成大事者，至親亦可殺，何況一個傀儡皇帝呢！」

劉曄的心境和徐庶完全不同，**在這樣一個群雄並起的時代，很顯然，劉家的**

天下已經被盡數瓜分，任何人都無法阻止漢室的瓦解。

他想道：「陛下無子，皇帝當如何立？或許，曹孟德就是看中了這一點。沒有了可以繼位的皇帝，天下或許會呈現出另外一番景象。**看來，漢室的江山終於要土崩瓦解了。那麼這場戰爭，又將會何去何從？**」

大帳內一陣沉悶，不知道是不是因為大家知道了天子駕崩的消息，雖然沒有一個人落淚，但是所有人心中都不好受，剛才曹操的試探，讓他們覺得曹操這個人很多疑。

就在大帳內的氣氛一片死氣沉沉的時候，曹純披著戰甲，腰懸利劍，頭戴鐵盔，從大帳外一臉笑意的走了進來。

他一進大帳，便抱拳道：「啟稟大王，戰場已經清掃完畢，我軍大獲全勝，一把火燒死了馬超主力幽靈軍一萬三千六百三十七騎，同時，馬超手下四大將之一錢虎也死在火中。這次戰鬥，我軍傷亡只有三百七十八人。」

「哈哈哈……很好，這是一個可喜的事情，加上典韋帶來的好消息，算是雙喜臨門。曹純，入座吧。」曹操開心地說道。

「諾！」

等曹純入座，曹操便舉起了手中的酒杯，說道：「諸位，請滿飲此杯，然後盡情享用，吃飽喝足之後，全軍後撤三十里，到牛家屯駐紮，等待夏侯淵帶領援兵到來。」

「諾！」

卷縣縣城的城牆上，高飛站在太陽底下已經足足一個時辰了，任由那烈日曝曬，也阻擋不了他。

趙雲帶領別動隊已經離開四天了，這四天，高飛一直在擔心著他們，這些都是從軍隊各部中抽調出來的精英分子，是身經百戰之後才當上了將軍、校尉的，如果他們全軍覆沒了，那意味著整個燕軍的將領將直接斷層。

司馬朗快步走了上來，來到高飛身旁，便身說道：「主公，屬下又去看過了，李玉林說，趙將軍並未通過信鴿傳回一點訊息。」

「除了兩天前雙鐘嶺一戰的消息外，趙雲他們已經整整兩天沒有音訊了，會不會出什麼事？」高飛擔心地說道，既是問話，又像是在自言自語。

司馬朗道：「趙將軍武藝超群，龐德、管亥、盧横、李鐵等人也都是各個身手不凡，加上二百名身經百戰的將領，如此強悍的一支別動隊，天下少有，雙鐘嶺一戰，便是最好的例證，請大王寬心。」

高飛點了點頭，剛準備轉身，便看見從遠處奔來一隊騎兵，約有百餘人，他看了一眼領頭的人，登時歡喜地說道：「回來了，趙雲他們回來了……快，讓士兵列隊，迎接英雄凱旋！」

卷縣縣城的城門外，高飛就近拉攏來張遼、文聘、烏力登、蹋頓等人，列隊在城門口，擺開了歡迎的陣勢，準備迎接凱旋歸來的趙雲等人。

可是，當趙雲等人由遠及近之後，他看到他們都是一臉的愁容，一個個神情落寞，垂頭喪氣的，像是一隻鬥敗的公雞，而且，他也沒看到應該看到的那個人，也沒看到管亥、李鐵。

「主公，可能管亥、李鐵兩位將軍在後面保護陛下，趙將軍先行歸來報喜吧。」

司馬朗見高飛皺起了眉頭，他跟隨在高飛身邊許久，察言觀色的本領還是有的，便安慰道。

高飛不答，他從趙雲、龐德、盧橫等人的臉上看出了一絲不尋常，臉上本來浮現的笑容逐漸消失，最後變得一臉陰沉。

「或許，是趙將軍想給主公開個玩笑，現在肯定是他們故意表現出來的，等他們一會兒來到主公面前，就會給主公一個驚喜也說不定……」

司馬朗盡力的說著好話，可是說著說著，他發現自己的話並不能起到安慰高飛的效果，也就不再說了。

「伯達。」

「屬……屬下在……」司馬朗突然聽到高飛的叫聲，有些慌。

「你去傳令，讓治軍從事許攸準備一個祭臺。」

高飛說話時，語氣十分平淡，陰鬱著的臉逐漸恢復了平靜，面無表情地站在那裡，就連說話也是只蠕動了一下嘴脣。

「準備……準備祭臺？」司馬朗吃驚地道。

「你應該明白我的意思。」高飛的語氣依然很平淡，但是給人一種不可抗拒的力量。

「是，屬下明白了。」司馬朗領命離開。

「文遠、仲業、烏力登、蹋頓，你們將歡祝用的鼓吹都撤了吧，讓士兵也都回城裡。」

「主公……」張遼欲言又止。

「文遠想說什麼？」

「沒什麼。」

張遼想說的是，請高飛節哀順變，但是這時候似乎不合時宜，他不敢保證自己的猜測是否準確，所以什麼都沒說。

命令下達後，原本集合在城門口準備慶祝的士兵都回到了城裡，高飛只留下張遼、文聘兩個人，剛才還擁擠不堪的城門口，頓時變得十分冷清。

不一會兒的功夫，趙雲、龐德、盧橫等人來到城門口，從馬背上下來，走到高飛的面前，抱拳道：「參見主公！」

「你們辛苦了，文遠、仲業，帶諸位將軍、校尉下去休息。」

張遼、文聘道：「諾！」

只是，趙雲、龐德、盧橫等人都沒有動。

趙雲向前走了一步，艱難地道：「主公，我……」

「子龍帶著別動隊的成員已經去了四天了，這四天的時間裡，你們都辛苦了，先隨張遼、文聘一起下去休息吧，有什麼事，等你們酒足飯飽休息好以後再說。」

高飛知道趙雲想說什麼，只是他還沒有做好心裡準備。說完，高飛調轉馬頭便進了城，臉上雖然沒有什麼表情，但是內心卻極為痛苦，他已經猜測到了結果。

他策馬來到縣衙，縣衙門口，許攸已經布置好一個祭臺，等候著高飛的到來。

此時，許攸見高飛來了，迎上前道：「主公，一切都準備好了。」

高飛走到祭臺上，焚上三根檀香，插在香爐後，雙手合十，閉上眼默念道：「為國捐軀的將士們，你們在那邊好好的過，我一定會為你們報仇的，不徹底打敗西涼兵，我高飛枉為一國之主！如來佛，上帝，真主阿拉，希望你們能夠保佑我，不管你們現在是已經死了，或是還沒有出生，都請你們照顧好在那邊的兄弟，讓他們過上幸福的日子。」

高飛跪在地上磕了三個響頭，一是下定自己的決心，二是祭奠死去的亡靈。

許攸、司馬朗在一旁，見高飛言行怪異，什麼如來佛，上帝、真主的，聽不懂高飛在說些什麼。

高飛站起來，一轉身，目光中射出兩道攝人的光芒，那是一種殺氣，十分的凌厲。

「午時過後，讓趙雲到這裡來找我，其餘人各歸各軍，將所有缺失的人員名單報上來，並且草擬一份軍費賠償的文書，所有戰死者，一律以烈士待遇對待。」說完這句話後，高飛便大步流星地走進了縣衙。

許攸看到高飛如此模樣，扭頭問道：「伯達，出什麼事了？」

「好像是趙將軍沒有能夠完成主公的交託，而且管亥、李鐵兩位將軍也可能陣亡了。」司馬朗將自己的猜測說了出來。

許攸「哦」了聲，沒再說什麼，急忙讓人把祭臺給撤了，司馬朗作為軍師祭酒，則去傳達高飛的命令去。

剛過午時，趙雲便踏入縣衙，從縣衙大門口到大廳，短短幾十米距離，他覺得自己彷彿走了將近一天的時間。

大廳內空無一人，趙雲一隻腳跨進大廳，一隻腳還在外面的時候，突然僵在那裡，猶豫了好久，最終還是把跨進大廳的那隻腳收了回來，轉身欲走。

「既然來了，又何必要走？」大廳裡，突然傳出來了高飛的聲音，「進來吧，跟我說說這是怎麼一回事。」

「主公，屬下無能，未能將天子帶回來，而且……而且還折損了管亥、李鐵等八十七個好兄弟，另外……」

趙雲最後一件事不知道該如何說出口，欲言又止。

「講！」

「天子駕崩了……」趙雲終於說出口來。

高飛臉上泛起驚奇之色，之後沉寂了片刻，問道：「弒君的是典韋嗎？」

「嗯，典韋裝瘋賣傻，騙過了屬下，都是屬下的錯！請主公責罰。」

「這和你無關，典韋騙過了我們所有人。」高飛道：「好了，你下去休息吧，**明天過後，將會有一場大戰，同時也是我軍一雪前恥的時候。**」

「可是，天子駕崩了，由於典韋的嫁禍，弒君的罪名就落在主公身上，加上馬超的幽靈軍實力驚人，打仗的方法很是怪異……」趙雲道。

高飛道：「卞喜已經傳回了最新的消息，馬超的幽靈軍今天和曹操在官渡以東的戰場上交戰，曹操利用誘敵深入之計，幾乎全殲馬超軍團，一把火燒得馬超只剩下一千多騎落荒而逃。所以，馬超已經失去了優勢，是時候讓我們展開進攻了。再說，我本來就是一個弒君之人，劉宏就是死在我的劍下，就算弒君的罪名落在我的身上，又有什麼好擔心的，這次的事，清者自清。」

「諾，屬下明白了。」

這時，一個士兵將幾封飛鴿傳書遞給高飛，高飛接過以後，默默地看了一遍，緩緩地說道：「韓猛帶領並州人馬已經抵達鄴城，準備在鄴城和從薊城來的大軍會合，用不了多久，他們就會到來的。」

東方露出魚肚白的時候，王雙單刀匹馬的闖進馬超所在的大營裡。他聽到馬超兵敗的事，感到非常的不可思議，急匆匆的走了進來。

「大王，這怎麼可能呢，大王，我們的……」

王雙一進大帳，便大喊大叫起來，他還是不相信幽靈軍會死得那麼慘烈。

可是，進入大帳後，他才發現自己是錯的，因為大帳中多了一張面孔，那人相貌他似乎在哪裡見過。

「你來幹什麼？」王雙終於知道他是誰了，正是前次劉備派來的使者孫乾。

孫乾客氣地說道：「是我家大王讓我來的，有急事找秦王商議……」

「王雙，站一邊去！」馬超厲聲道。

孫乾道：「秦王，那我家大王可就全仰賴秦王殿下了。」

「就這樣定了，希望這次楚王不要再食言了，上次的事……」馬超道。

「上次的事完全是誤會，並不是我軍不出兵，而是因為秦王殿下英勇無敵，覺得沒有必要給秦王殿下添亂……」孫乾憑著那張嘴為劉備狡辯。

「不用解釋了，本王心裡清楚。回去後，請轉告楚王，事情就這樣定了，希望這次楚王信守承諾，否則就別怪本王不客氣了……」

「一定一定。」

馬超道：「不送！」

孫乾走出大帳，在帳外的王雙瞪了孫乾一眼，再一次走進大帳，稟告道：「大王，陛下駕崩了……」

「駕崩了？」馬超的臉上，非但沒有表現出一絲的哀愁，反而多了興奮之色。

王雙重重地點了點頭，將在虎牢關所發生的事一五一十的告訴馬超。

馬超津津有味地聽著，俄而面露怒色，俄而緊張萬分，俄而唏噓不已，道：「沒想到，高飛的帳下居然有此等實力，區區二百人，竟然將虎牢關攪了個天翻地覆。只是，典韋為什麼會在高飛的手底下？還有，為什麼高飛會刺殺當今的天子？」

王雙道：「大王，屬下也不是很清楚這其中到底發生了什麼事。」

「張繡呢？」

「正帶著七萬大軍在來官渡的途中。」王雙答道。

「在王允、馬日磾和楊彪的問題上，張繡處理的十分得當，你也立下了不少功勞，斬殺了號稱十八驃騎之一的管亥，算是削弱了燕軍的力量。你跟我到父王那裡走一遭，陛下駕崩了，這麼大的事，不能不通知一下父王。」馬超說著，便

走出了大帳。

出了大帳，馬超騎上一匹駿馬，也不等王雙出來，大喝一聲便馳出大營，朝西而去。

西涼兵大軍十幾萬，雖然都駐紮在一起，但是卻分成好幾個營寨，除了馬超在最前面的一座營寨外，後面尚有九座大營，分別是涼王馬騰和其部下八健將所立的營寨。

馬騰的營寨在最中間，距馬超的營寨大約有五里多地，是以不得不騎馬過去。

不一會兒功夫，馬超便到了其父馬騰的營寨外，守在營寨門口的士兵見馬超來了，都個個精神抖擻，齊聲叫道：「秦王威武！」

馬超心高氣傲，早已習慣別人對自己的臣服，連看都不看一眼，便策馬進了營寨，直奔中軍大帳。

馬超翻身下馬，將馬韁隨意拋給一個士兵，大步流星地走了進去，大叫道：「父王……父王……」

大帳中，馬騰端坐在上首位置，面部輪廓如同雕刻一般，稜角分明，眼窩深陷，鼻梁高挺，下巴上留著一小撮泛黃的山羊鬍子，乍看之下，和羌人一樣。

他身軀壯實，近年來因發胖略顯臃腫，但腰板還是挺得直直的，看得出年輕時是個出色的武士。他頭戴飾有金貂的王冠，身披青底繡金綢袍，腰束飾有獬豸的大帶，足登牛皮戰靴，給人的印象華貴、威武。

他的生母是羌族美女，所以身上有二分之一羌人的血統，加上多年在西羌一帶居住，使得他的生活習性和羌人無異，雖然已經成了涼王，但是他的穿著時常會在漢服和羌族服飾之間來回更換，畢竟他的部下裡，絕大多數都是羌人。

馬騰見馬超從帳外闖了進來，呵斥道：「孟起，你已經是秦王了，怎麼做事還是如此的魯莽？沒看到大帳中坐著一位客人嗎？」

「客人？」

馬超斜視了一下坐在大帳中的人，見有一個金髮碧眼，相貌和羌人、中原人都大有不同的人坐在馬騰的右手邊，便好奇地打量了起來。

那金髮碧眼的人見馬超在打量著他，便微笑著站了起來，向馬超微微鞠了躬，說道：「尊敬的王，你好，我叫安尼塔‧派特里奇，很榮幸能夠認識你。」

馬超還是第一次見過這樣長相的人，聽他說的話也特別彆扭，如果不仔細聽，還真聽不出來他在說什麼。但是，見到這個自稱安尼塔‧派特里奇的人見到

他不下跪，便不太高興，呵斥道：「大膽！見到本王，為何不下跪？」

安尼塔・派特里奇臉上的微笑一直沒有消失，再次向馬超鞠了一躬，用他那並不純熟的漢話說道：「對不起，尊敬的王，我只對你們的皇帝才能下跪。」

馬超聽這個叫安尼塔・派特里奇的人說話很彆扭，既不是中原人，也不是西涼人，甚至連西域人都不算。他一向心高氣傲，臉上現出厭惡的表情，對馬騰道：「父王，這個姓安的是誰？怎麼可以這麼無禮？」

馬騰道：「他說他來自羅馬帝國，是羅馬帝國派來的使者，哦，羅馬帝國就是西域人口中所說的大秦，距離咱們大漢，有……有……總之很遠很遠。他說，他本來帶了一個長長的隊伍來，可是一路上歷盡千辛萬苦，還屢次遭受到匈奴人、大月氏人、烏孫人等西域各國的掠奪，最後只剩下他一個人。他能夠抵達這裡，已經是一個奇蹟了。」

「羅馬帝國？怎麼又姓羅，又姓馬的？是姓羅的和姓馬的人建立的國家，還是他們那地方養的全是拉車的騾馬？」馬超不解地問道。

馬騰搖搖頭道：「這個……為父也不知道，他只是那樣說的。」

馬超再一次打量了安尼塔・派特里奇一眼，說道：「姓安的，你告訴我，你那麼大老遠的來我們大漢，想幹什麼？」

安尼塔能聽懂的漢話有限，但是馬超說的這句話，剛好他能聽得懂，便搖搖頭道：「尊敬的王，你錯了，我不姓安，我叫安尼塔，姓派特里奇。我來你們大漢，是受了我們偉大的皇帝的囑託，出使大漢。所以，我需要見到你們的皇帝。」

安尼塔沒有說謊，他確實是來出使大漢的，自從接受了這項任務，他帶著六千人的使節團，從羅馬帝國出發，一路向東，長途跋涉，歷盡千辛萬苦，才抵達了大漢，只是，一路上死傷了很多人。

他抵達大漢時，還有十幾名隨從跟隨，在從西域進入涼州時，遭到了鮮卑人的襲擊，如果不是敦煌太守帶兵及時趕到，救了他的話，只怕他已經一命嗚呼了。

敦煌太守救下安尼塔以後，便讓人將安尼塔送到中原，交給涼王馬騰發落。今天，安尼塔是第一天抵達這裡。

「你要見我們的皇帝是嗎？」馬超臉上揚起了笑容。

「是的，我尊敬的王，如果你能讓我見見你們的皇帝，我一定會請耶穌保佑你的。」安尼塔畢恭畢敬地說道。

馬超聽不懂耶穌是什麼，但是他聽到保佑這個詞，猜想耶穌應該是他們那邊的神明，或者說是他們的皇帝。他嘿嘿笑了笑，指著馬騰說道：「你真走運，來得正是時候，如今坐在你面前的，便是當今的天子，我們的皇帝，而我，就是太子。姓安的，你見了我們的皇帝，怎麼還不下跪？」

「孟起，你胡說什麼？」馬騰聽到馬超的話後，勃然大怒。

「父王，孩兒沒有胡說，這是真的。當今天子已經駕崩了，在臨終時，曾留有遺言，要將皇位禪讓給父王……」

「越說越離譜了，你……你剛才說什麼？陛下駕崩了？」馬騰臉上一陣詫異，急忙站了起來，走到馬超身邊問道：「到底發生了什麼事？」

「父王，司徒王允、太傅馬日磾，以及安東將軍楊奉裡應外合，圖謀不軌，並且暗中勾結燕侯高飛，兩日前，高飛帳下最為精銳的飛羽軍奇襲了虎牢關，並且刺殺了陛下。」馬超一本正經地說道。

「這怎麼可能？王允、馬日磾都是國之忠臣，又深受陛下隆恩，他們怎麼會做出如此大逆不道的事情來？本王不相信……本王不相信……」

馬騰對漢室可謂忠心耿耿，自從他殺了董卓，收服董卓舊部以後，便在長安安置了一個小朝廷，安安穩穩地將劉辯供奉在那裡，並且特意請來幾位國之元老，讓他們擔任重臣，輔佐皇帝，自己則出兵涼州，去安撫在涼州的羌人和漢人。

可以說，沒有他馬騰，就沒有劉辯，也不會再有大漢，他安撫了羌人和漢人，多次擊敗叛亂的羌人，並且擊敗烏孫、匈奴、大宛，經營涼州四年，威名震盪西域，使得那些原本對大漢動搖的西域各國紛紛前來臣服。

自己的身分地位不管再怎麼提高，他也將劉辯放在心裡，就連上次劉辯在馬超的脅迫下封他為涼王時，他都推辭了好幾次。可是，**他對大漢忠心，卻不見得馬超對大漢忠心**。

馬超自小便有勇略，加上久隨劉辯身邊，馬騰在關中又留給他兩萬騎兵，讓他協同朝中大臣鎮守長安，更加助長了他的氣焰。

隨著馬超年齡增長，知道自己所擁有的權力所代表的意義之後，逐漸心境就發生了變化，不僅僅局限於保護一個沒有用的劉辯，想要一窺皇權。

「父王請相信，這是千真萬確的事，有太尉楊彪作證，當時太尉楊彪正在陛下身邊，遺囑就是從他的口中說出來的。如果父王不信，可以請太尉楊彪當場詢問。」

馬超早已做好了打算，本來，他是想自己稱帝的，但是父親仍在，所以不得已，只好將皇位拱手讓給馬騰。**他瞭解他的父親，如果真的做了皇帝，估計做不**

了幾年就會退位，到時候皇帝還不是落在他的頭上?!

「太尉楊彪何在？」馬騰皺起眉頭，對他的話將信將疑。

「正在來的路上，父王可以先休息一下，我讓王雙去請太尉大人過來。」

馬騰點點頭，黯然失色地坐在那裡，一言不發。

馬超看了一眼安尼塔，說道：「姓安的，你跟我來，一會兒，你就可以見到我們的皇帝了。」

安尼塔・派特里奇還在揣摩著馬超話中的意思，不等他反應過來，馬超伸出猿臂便將他一把拉了出去，直接走到中軍大帳前面那面「涼」字的大纛下面。

「尊敬的王，我好歹也是羅馬帝國第十六軍團的元帥，你怎麼可以如此粗魯的對待我？」

安尼塔被馬超一路拉了過來，在他眼裡，馬超還是個半大的孩子，可是他沒有想到馬超的力氣會那麼大，有些吃驚之外，更多的是生氣，覺得馬超太魯莽了。

「元帥？」馬超不解地問道：「那是個什麼官？」

「相當於將軍，但是比將軍要高，將軍是指揮士兵的，元帥是指揮將軍的，我就是第十六軍團的元帥。」

安尼塔說話時，臉上現出一股自豪的表情。

馬超見安尼塔三十歲左右，除了長相奇怪、說話怪異外，似乎跟西域人沒啥區別。他從未聽說過羅馬帝國，雖然說知道西域有個叫驪軒的地方，聽說驪軒人就是大秦人，但是他從未去過西域，也並未見過。

他見安尼塔左一個羅馬帝國，右一個羅馬帝國的，想起他父親說大秦就是羅馬帝國，那麼驪軒就是羅馬，這樣換算下來，倒是讓他頗為吃驚。

他一把揪住安尼塔的胸襟，將他用力向後推，直接撞在粗壯的旗桿上，眼裡露出殺機，喝問道：「你老實告訴我，你到底是從哪裡來的？」

安尼塔的身形並不健壯，可以說，非常的單薄，哪裡經受得起馬超的撞擊，只覺得胸口、背上一陣疼痛，伸手想要去掰開馬超的手，卻發現馬超的手就像是堅硬的石頭一樣。

掙扎了幾下，安尼塔終於還是放棄了，說道：

「尊敬的王，我來自羅馬帝國，是帝國第十六軍團的元帥，受我們至高無上的皇帝陛下的命令，帶領一個裝滿貨物的使團前來大漢，想和大漢通好。」

「胡說！你分明是西域驪軒人，來到這裡，是想刺探我們的軍情，然後蓄謀發動叛亂，不然，你怎麼會說我們的話？對不對？」

馬超惡狠狠地瞪著安尼塔，另外一隻手握緊拳頭，隨時都可以一拳打過去。

安尼塔急忙解釋道：「不是的不是的，我是羅馬人，不是你說的什麼驪軒人，我之所以能夠說你們的話，也是在來的路上學的，我的語言能力很強，會說許多國家的話，不信我說給你聽……」

接著，安尼塔便嘰哩咕嚕地說了許多不同的語言，可是馬超都一個字都聽不懂。

「夠了！」馬超怒道：「你再不閉嘴，我就割掉你的舌頭。你既然是元帥，為什麼會那麼不堪一擊，還有，羅馬帝國在什麼地方，有多大，你們的皇帝為什麼要派你到大漢來？」

「上帝啊，這是我碰到過的最野蠻的漢人了。」安尼塔仰望天空，雙手在胸前上下左右的點了點，然後十指緊扣在一起，用他的母語說道。

「你嘰哩咕嚕的說什麼？我在問你話呢？快回答我，不然的話，你就別想回去了。」馬超恐嚇道。

安尼塔苦笑道：「尊敬的王，我足足走了一年多的時間才抵達你們這裡，沿途凶險萬分，我的部下都死了，就算想回去都回不了啦。羅馬帝國很大，在大陸的西邊，要走很遠很遠的路才能到達。我的皇帝之所以派遣我來，是因為他聽說在東方有一個很強大的漢帝國，很想和漢帝國做朋友，於是就派我來了。

「另外，尊敬的王，我是元帥，不是將軍，我不是衝鋒打仗的，而是指揮他們打仗的人，所以，體格是否強壯對我不重要，重要的是，我這裡好使就行了。」安尼塔指了指自己的腦袋。

馬超鬆開安尼塔，覺得他並沒有說謊，因為，任何人在他的威逼之下都會很害怕，可是他看到安尼塔並沒有一絲懼怕，便冷笑一聲道：「如果你說的是假話，我就一刀殺了你，讓你去見你的耶穌。」

「哦，實在太感謝你了，我尊敬的王，承蒙你的吉言，我相信，我死了以後一定會見到耶穌的。如果可以的話，我也希望帶你一起去見我們的耶穌，讓你知道，耶穌是多麼偉大的一個人……」

安尼塔的前半句是用漢話說的，說的時候舌頭很打結，後面的話便改用了母語。

嘰哩咕嚕的聽了一通，馬超是什麼都沒聽懂，只聽到「實在太感謝你了」一，他不禁覺得這個羅馬人很有意思，他要殺死這個羅馬人，這個羅馬人倒是一個勁地感謝自己，彷彿一旦死了，他就能回到家鄉一樣。

馬超看著安尼塔開心的樣子，道：「你想死？我偏偏不讓你死，從今以後，我就把你留在我的身邊，給我講講羅馬帝國的事！」

「樂意效勞，我尊敬的王。」

馬超讓人將安尼塔帶回自己的兵營好生安頓，然後讓王雙騎著馬去把楊彪接過來，自己隨便找了一個空的營房便去休息了。

請續看《三國疑雲》第六卷　戰鬥機器

三國疑雲 卷5 幽靈騎兵

作者：水的龍翔
發行人：陳曉林
出版所：風雲時代出版股份有限公司
地址：10576台北市民生東路五段178號7樓之3
電話：(02) 2756-0949
傳真：(02) 2765-3799
執行主編：朱墨菲
美術設計：吳宗潔
行銷企劃：林安莉
業務總監：張瑋鳳

初版日期：2022年5月
版權授權：蔡雷平
ISBN：978-626-7025-40-6

風雲書網：http://www.eastbooks.com.tw
官方部落格：http://eastbooks.pixnet.net/blog
Facebook：http://www.facebook.com/h7560949
E-mail：h7560949@ms15.hinet.net
劃撥帳號：12043291
戶名：風雲時代出版股份有限公司

風雲發行所：33373桃園市龜山區公西村2鄰復興街304巷96號
電話：(03) 318-1378
傳真：(03) 318-1378
法律顧問：永然法律事務所 李永然律師
北辰著作權事務所 蕭雄淋律師

行政院新聞局局版台業字第3595號 營利事業統一編號22759935

定價：290元

國家圖書館出版品預行編目資料

三國疑雲 / 水的龍翔著. -- 初版. -- 臺北市：風雲時代出版股份有限公司, 2022.01- 冊； 公分

ISBN 978-626-7025-40-6（第5冊：平裝）--

857.7 110019815